Le professeur SÉRAPHIN et LA FIN DU MONDE (ou presque)

3

JO NESBØ

Le professeur SÉRAPHIN et LA FIN DU MONDE (ou presque)

Traduit du norvégien
par Hélène Hervieu

bayard jeunesse

Jo Nesbø est né en 1960 à Oslo, en Norvège. Après avoir fait des études de journalisme, et été leader d'un groupe pop, il s'attelle à l'écriture.

Son premier livre, *L'homme chauve-souris*, a obtenu le prix du meilleur roman policier nordique. Il a écrit depuis une dizaine de polars pour adultes. *La poudre à prout du professeur Séraphin*, *La baignoire à remonter le temps* et *Le professeur Séraphin et la fin du monde (ou presque)* sont ses premiers romans pour la jeunesse.

Ouvrage publié originellement sous le titre
Doktor Proktor og verdens undergang. Kanskje.
par les éditions Aschehoug, Norvège
et proposé aux Éditions Bayard par Salomonsson Agency

18 rue Barbès 92128 Montrouge Cedex
ISBN : 978-2-7470-3684-9
Dépôt légal : mars 2012
Loi n° 49-956 du 16 juillet 1949 sur les publications destinées à la jeunesse.

CHAPITRE 1

La fin du monde et le hoquet

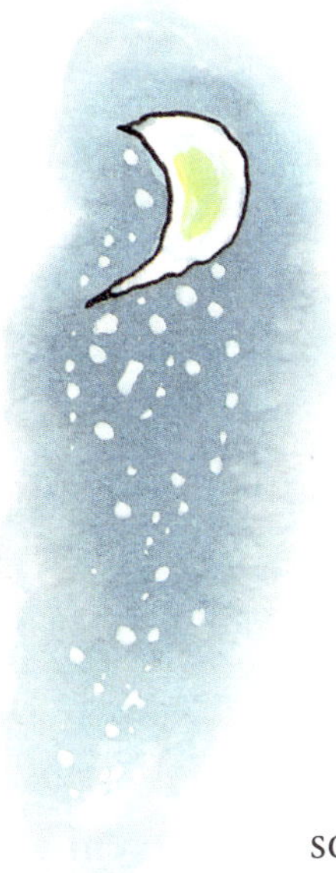

La nuit est tombée à Oslo et il neige. De gros flocons, à l'air innocent, dégringolent du ciel et atterrissent sur les toits, les rues et les parcs de la ville. Un météorologue t'expliquerait sûrement que les flocons de neige ne sont que de la pluie gelée qui tombe des nuages, mais le fait est que personne ne sait vraiment ce qu'il en est. Or, ils pourraient fort bien venir de la lune, par exemple, qui parfois montre sa frimousse entre deux couches de nuages et jette une clarté surnaturelle sur la ville endormie. Les flocons qui touchent le bitume devant l'hôtel de ville fondent aussitôt et se transforment en eau, qui s'écoule avant de disparaître dans la bouche d'égout la plus proche, où elle coule dans un tuyau jusqu'au réseau des canalisations d'égout qui quadrillent les sous-sols d'Oslo.

Personne ne sait vraiment ce qui se passe dans les égouts, mais si tu avais été assez bête pour t'y aventurer, par cette nuit de décembre, si tu avais retenu ta respiration et n'avais pas fait plus de bruit qu'une souris, tu aurais entendu de drôles de sons : le clapotis de l'eau, les gargouillis des tuyaux, le frôlement d'un rat, le coassement d'un crapaud, et – plus inquiétant – le grincement d'énormes mâchoires de la taille d'une bouée s'ouvrant béantes, bref, le son d'un anaconda qui crache... et le vacarme assourdissant de ses mâchoires se refermant aussi sec. Ensuite, cela aurait été le silence complet, mon pauvre ami. Mais puisque tu n'es pas ce pauvre ami, tu aurais entendu d'autres sons, cette nuit-là. Des sons qui t'auraient intrigué : le claquement d'un moule à gaufres qu'on ferme, le grésillement du beurre, des messes basses, un moule qu'on ouvre et, enfin, un mâchonnement silencieux...

Mais il ne neige plus maintenant, les bruits de mastication ont cessé et les habitants de la capitale norvégienne se réveillent pour entamer une nouvelle journée avant de se frayer un chemin dans l'obscurité et la neige fondue pour se rendre au bureau ou à l'école. Et au moment où Mme Strobe commence à parler de la Seconde Guerre mondiale à ses élèves, un pâle soleil hivernal, qui n'a pas entendu le réveil sonner, montre le bout de son nez au-dessus de la colline.

Assise à son pupitre, Lise regarde le tableau où Mme Strobe a écrit « Guerre mondial » (elle a oublié le « e » à la fin. Normalement, elle aurait dû écrire « Guerre mondiale »). Lise est tellement perturbée par cette faute, elle qui aime tant que les mots soient bien orthographiés, qu'elle écoute d'une oreille distraite ce que Mme Strobe raconte sur l'occupation des Allemands qui ont envahi la Norvège en 1940, et sur les quelques héros qui ont réussi à mettre de l'ordre dans tout ça, permettant ainsi que les Norvégiens remportent finalement la guerre et puissent chanter en chœur : « On a gagné, on a gagné ! »

– Mais les autres, qu'est-ce qu'ils ont fait, eux ?

– On lève la main quand on veut poser une question, Bulle ! dit Mme Strobe d'un ton sévère.

– Oui, je sais que les autres le font, mais c'est pas pour ça qu'ils obtiennent une meilleure réponse. Moi, je préfère prendre la parole...

Le minuscule garçon aux cheveux rouges et au visage couvert de taches de rousseur, qui s'appelle Bulle, lève une minuscule main en l'air. On dirait qu'elle cherche à cueillir des pommes invisibles.

– ... de cette façon, je la saisis au bond en quelque sorte, je la garde en mon pouvoir, je donne des ailes aux mots et je les laisse s'envoler vers vous...

Mme Strobe penche la tête et jette un regard de ses yeux globuleux au-dessus de ses lunettes, qui glissent encore de un centimètre sur son nez. Et Lise voit avec effroi que l'institutrice s'apprête à laisser retomber sa

main à plat sur la table. Et le bruit de sa main contre la surface en pin du bureau, ils le connaissent bien, il est vraiment effroyable. On raconte même que des adultes en ont pleuré et que des femmes ont crié « Maman ! ». Mais, à la réflexion, c'est Bulle qui lui avait dit cela, donc on ne pouvait pas être cent pour cent certain que ce soit la vérité.

– Qu'est-ce qu'ils ont fait les autres, ceux qui n'étaient pas des héros ? répète Bulle. Répondez, chère professeur dont la sagesse seule surpasse la beauté. Répondez et laissez-nous nous abreuver à la coupe de la connaissance.

Mme Strobe baisse la main en poussant un soupir. Et Lise a l'impression que les commissures des lèvres de la professeure s'étirent un tout petit peu vers le haut, malgré la sévérité de ses traits. Mme Strobe n'est pas du genre à sourire à tout bout de champ ou à faire des simagrées.

– Les Norvégiens qui n'étaient pas des héros pendant la guerre, commence-t-elle, eh bien... ils... ont crié « hourra ! ».

– Hourra ?

– Ils ont applaudi leurs héros. Et le roi qui s'était enfui à Londres.

– En somme, ils n'ont rien fait, dit Bulle.

– Ce n'est pas si simple, rectifie Mme Strobe. Tout le monde ne peut pas être un héros.

– Pourquoi pas ?

– Pourquoi pas quoi ?

– Pourquoi tout le monde ne peut pas en devenir un ? insiste Bulle en rejetant en arrière sa frange rousse qui dépasse à peine de son pupitre.

Dans le silence qui s'ensuit, Lise entend des cris et des hoquets de l'autre côté du mur, de la classe d'à côté. Elle sait que c'est celle du nouveau professeur de technologie, Gregor Galvanius, que les élèves appellent simplement M. Hoquet parce qu'il attrape le hoquet dès qu'il est stressé.

– Jojo ! geint Gregor Galvanius avec une voix de fausset. *Hic !* Gégé !... *Hic !*

Lise entend le rire mauvais de Jojo et le ricanement tout aussi mauvais de son frère jumeau Gégé, puis un bruit de pas dans le couloir et une porte qui s'ouvre.

– Tout le monde n'a pas l'étoffe d'un héros, explique Mme Strobe. La plupart des gens veulent juste vivre en paix et mener leur petite vie tranquille sans être trop dérangés par les autres.

Plus personne ou presque ne l'écoute : les élèves se sont précipités aux fenêtres pour regarder dehors. Car au beau milieu de la cour enneigée, Jojo et Gégé Morue courent. Ce qui, en soi, n'est pas un spectacle charmant, car les cuisses des jumeaux, gros et gras, se frottent l'une contre l'autre quand ils courent. Mais leur poursuivant n'est guère plus gracieux. Sous le soleil matinal, M. Hoquet bondit comme un jeune veau, ou plus exactement un élan maladroit, le corps courbé en deux, avec des pantoufles aux pieds. La raison de cette manière d'avancer très étrange est que la chaise de bureau est apparemment bien fixée au fond de pantalon du professeur. Mme Strobe jette aussi un coup d'œil par la fenêtre et soupire :

– Bulle, je crains que certaines personnes ne soient très ordinaires, sans la moindre trace d'héroïsme en elles.

– Qu'est-ce qui lui arrive, à cette chaise de bureau ? demande Bulle tout bas à Lise.

– On dirait qu'elle est collée à son pantalon, répond son amie. Tiens, regarde, le professeur arrive sur la neige tassée et...

Les pantoufles de Gregor Galvanius, alias M. Hoquet, se sont mises à glisser et il est tombé. Sur les fesses. C'est-à-dire, puisque ses fesses sont rivées à sa chaise de bureau, et que la chaise a des roulettes, des roulettes qui roulent parfaitement, et que la cour de l'école est en pente douce jusqu'à la rivière du Canon... Eh bien, M. Hoquet est en fâcheuse posture. Il est le passager involontaire d'une chaise de bureau qui n'en fait qu'à sa tête et qui dévale la pente de plus en plus vite.

– Grands dieux ! s'exclame Mme Strobe à la vue de son collègue se précipitant à vive allure vers la fin du monde – ou, plus précisément, de la cour de l'école.

En l'espace de quelques secondes, tout le monde retient son souffle. On n'entend plus que le crissement des roulettes sur la glace, le frottement des pantoufles lisses qui tentent désespérément de freiner, doublés d'un hoquet frénétique. Enfin, chaise et professeur de technologie achèvent leur course dans une congère au bout de la cour de l'école. L'amas de neige explose en faisant « Boum ! », et au même instant, l'air se remplit de poudre de neige – de poudreuse, quoi. Quant à la chaise et à M. Galvanius, ils se sont volatilisés !

– Homme à la mer ! hurle Bulle qui bondit d'une table à l'autre pour atteindre la porte.

Les autres se précipitent derrière lui, même Mme Strobe. Et en moins de temps qu'il n'en faut pour le dire, tous ont disparu, sauf Lise. Au tableau, une craie à la main, elle rajoute le « e » manquant à Guerre mondial. Voilà une bonne chose de faite. Maintenant, elle peut rejoindre les autres.

Tout au fond de la cour, Mme Strobe et un autre professeur extirpent Gregor Galvanius, toujours collé à sa chaise.

– Comment vous sentez-vous, Gregor ? demande Mme Strobe.

– *Hic !* hoquette Gregor. Je suis aveugle !

– Mais non, le rassure-t-elle en passant un doigt à l'intérieur des verres des lunettes qu'il a gardées sur le nez et qui sont couvertes de neige. Voilà, c'est bon...

Troublé, Galvanius cligne des yeux et rougit en la découvrant près de lui.

– Oh, bonjour, madame Strobe ! *Hic !*

– Quel raffut, dis donc ! dit Lise à Bulle qui est arrivé le premier sur les lieux.

Le petit garçon est même arrivé si vite qu'il est couvert de la poudreuse de l'accident de M. Galvanius. Il ne répond pas, le regard fixé sur la rivière du Canon.

– Il y a quelque chose qui ne va pas ? demande Lise.

– J'ai aperçu quelque chose là-bas, sur le chemin de l'école. La poudreuse s'était collée dessus.

– Collée dessus quoi ?

– Je ne sais pas. Mais maintenant que la neige a fondu, ça a disparu.

Lise soupire.

– Il faudrait faire quelque chose pour calmer ton imagination débordante, Bulle. Peut-être que le professeur Séraphin pourrait t'inventer un produit pour ralentir ton imagination ?

Après avoir cligné des yeux pour faire tomber la neige accrochée à ses cils, Bulle prend la main de son amie :

– Viens !

– Mais Bulle...

– Viens, je te dis, insiste le petit garçon aux cheveux rouges en remontant la fermeture Éclair de son blouson.

– On est en pleine classe !

Mais Bulle ne l'entend pas : il s'est déjà jeté à plat ventre sur la glace et dévale la pente jusqu'à la rivière.

– Bulle ! crie Lise en courant derrière lui. On n'a pas le droit de descendre à la rivière !

Son ami qui s'est remis sur ses jambes pointe du doigt, avec un air de triomphe, quelque chose dans la neige :

– C'est quoi ? s'étonne Lise.

– Des traces. Des empreintes de pas, déclare Bulle.

En se penchant, Lise reconnaît de profondes empreintes de pas dans la neige. Celles-ci se poursuivent sur la glace, où la couche de neige est plus fine.

– Quelqu'un a traversé la rivière, conclut Lise. Et alors ?

– Mais t'as vu ces traces ! Ce ne sont pas celles d'un animal, t'es d'accord ?

Lise réfléchit à toutes les traces d'animaux qu'elle a étudiées en cours de sciences naturelles : mains, pelotes digitales, sabots... Or celles-ci ne ressemblent à aucune d'entre elles. Elle reconnaît qu'il a raison.

– Ce ne sont pas non plus des chaussures ou des bottes, poursuit Bulle. Bizarre, bizarre...

Il s'aventure sur la glace à la recherche d'autres empreintes.

– Attends ! s'écrie Lise. T'es sûr que la glace est assez...

Mais Bulle n'écoute pas la fin de la phrase. Et une fois parvenu sain et sauf de l'autre côté de la rivière, il se retourne :

– Tu viens ou quoi ?

– La glace a tenu pour toi, mais rien ne garantit qu'elle supportera mon poids, chuchote Lise qui craint que Mme Strobe ne les voie de la cour de l'école.

– Hein ? crie Bulle.

Lise montre la glace du doigt.

Bulle répond en pointant son doigt vers sa tête :

– Sers-toi de ton cerveau de cacahuète, enfin ! Celui qui a marché ici est beaucoup plus gros que toi et moi réunis !

Lise déteste quand son ami joue au plus malin. Alors elle trépigne de colère dans la neige et se demande quelle tête fera son commandant de père – ou pire – sa mère, la commandante en chef à la maison, en recevant un mot de Mme Strobe. Non, elle préfère éviter ça.

Elle finit quand même par traverser la glace. Voilà ce qui arrive quand on a la malchance d'être la meilleure amie d'un garçon comme Bulle !

Les empreintes décrivent un grand cercle en passant par le bois des Noisettes – un modeste rassemblement d'arbres bienveillants –, franchissent le pont des Noisettes, reviennent à la cour de l'école et montent jusqu'à la porte du gymnase.

Les deux amis ouvrent la porte et entrent.

– Regarde, dit Bulle en montrant les empreintes mouillées sur le sol.

Mais plus ils avancent dans le couloir où se trouvent les vestiaires, plus les traces s'estompent. Dans le gymnase vide, ils découvrent les toutes dernières empreintes.

– Ses chaussures ont eu le temps de sécher, constate Bulle, dépité, en reniflant en l'air.

– Les chaussures de qui ? demande Lise qui regarde le drapeau de la fanfare de l'école, appuyé contre le mur, derrière les tapis de sol et le vieux cheval-d'arçons.

C'est là que répète la fanfare dont elle et Bulle font partie. Le drapeau est bleu et arbore en lettres brodées de fil d'or le nom de l'harmonie de leur école : FANFAR DE L'ÉCOL DE DØLGEN.

Bulle se dirige vers la sortie, Lise sur ses talons. Elle a beau être une fille intelligente et courageuse qui ne croit pas du tout aux fantômes, aux monstres et à toutes ces créatures (« Faut vraiment pas prendre les enfants pour des idiots ! » pense-t-elle souvent), elle n'a pas très envie de rester seule ici... Car il y a quelque chose qui cloche, et qui lui a fait se dresser les tout petits cheveux dans la nuque. Quelque chose qui lui donne l'impression de rêver.

Dans la cour de l'école, le directeur se tient devant la congère et demande à voix haute si quelqu'un peut lui dire qui a cousu le fond de pantalon de M. Galvanius à son siège. Du haut des marches, devant le gymnase, Bulle et Lise voient les enfants jeter des regards effrayés, d'abord sur le directeur, puis sur Jojo et Gégé, qui, bras croisés sur la poitrine, les toisent d'un air menaçant.

– Personne n'ose jamais rapporter ce que font Jojo et Gégé, constate Lise.

– Mme Strobe doit avoir raison. « La plupart des gens veulent juste vivre en paix et mener leur petite vie tranquille sans être trop dérangés par les autres. »

Au même instant, la sonnerie retentit. Est-ce le signal pour retourner en cours ou pour quitter l'école ? Lise ne sait plus trop, la journée a été si bizarre.

Et ce n'est pas terminé. Car, pendant la dernière heure de cours, Lise comprend enfin ce qui l'a fait tiquer. Ça lui frappe l'esprit comme si elle avait reçu une boule de neige de Jojo et Gégé. Le drapeau de l'harmonie de l'école ! Le nom, brodé en lettres d'or, qu'elle a vu des centaines de fois : FANFARE DE L'ÉCOLE DE DØLGEN. Le hic, c'est qu'il y avait marqué FANFAR et ÉCOL au lieu de FANFARE et ÉCOLE... Encore ces « E » qui manquent. Comment est-ce possible ? Lise sent alors un frisson glacial lui parcourir la colonne vertébrale.

La sonnerie de la véritable fin des cours a résonné et Lise entraîne Bulle dans le gymnase vide pour qu'il voie la vieille bannière. Son ami épelle lentement les lettres :

– F-A-N-F-A-R-E-D-E-L-'É-C-O-L-E-D-E-D-Ø-L-G-E-N.

– Mais il manquait le « e » final de FANFARE et ÉCOLE tout à l'heure ! s'écrie Lise au comble de l'étonnement. C'est vrai, je te jure !

Bulle prend une pose doctorale et déclare :

– Peut-être que le professeur Séraphin pourrait inventer un produit pour ralentir ton imagination débordante, très chère ?

– Je ne m'imagine rien du tout, répète Lise, consternée.

Bulle lui donne une tape amicale sur le dos.

– Tu sais la différence entre toi et moi, Lise ?

– Non. Ou plutôt si, on n'a rien en commun ou presque.

– La différence, Lise, c'est que moi, puisque je suis ton ami, je crois aveuglément à tout ce que tu dis.

– Oui, mais ça, c'est parce que moi, je dis toujours la vérité.

Bulle réfléchit à cette histoire de drapeau.

– Je crois qu'il est temps de demander conseil à nos amis.

– Nous n'avons pas d'amis au pluriel, Bulle ! À part toi et moi, on n'a qu'un seul ami !

– Oui, mais il compte pour plusieurs, explique Bulle en sifflotant le début d'une marche militaire.

Et Lise, qui reconnaît l'air, ne peut s'empêcher de fredonner sa partie de clarinette.

C'est ainsi, au son de cette ancienne marche militaire, qu'ils sortent de l'école et descendent la rue du Canon, qu'ils passent devant la maison rouge où Lise habite et devant la maison jaune, juste en face, où Bulle habite, et qu'ils arrivent enfin à la drôle de maison bleue un peu de guingois, cachée tout au fond par les congères, où habite leur unique ami. Ils avancent péniblement dans la neige, marchent sous le poirier aux branches nues et frappent à la porte, puisque la sonnette n'est toujours pas réparée :

– Professeur Séraphin ! appelle Bulle. Ouvrez, c'est nous !

CHAPITRE 2

Chaussures d'équilibriste et caméléons lunaires

Mais personne ne vient leur ouvrir la porte.

– Où peut-il bien être ? bougonne Bulle en regardant par la fente de la porte où l'on glisse le courrier.

– Là, dit Lise.

– Où ça ?

– Là-haut.

Bulle se dresse et suit l'index de Lise.

Et là-haut, en équilibre sur le faîte du toit, il aperçoit un homme grand et maigre en habit de professeur, avec des cache-oreilles roses. Il fait de tout petits pas, en tendant les mains en avant.

– Professeur Séraphin ! crie Bulle en forçant la voix.

– Il n'entend pas, dit Lise. Il a mis son casque antibruit.

Ce casque, ou plus exactement ces cache-oreilles « double surdité » du professeur Séraphin, que le savant a mis au point pour protéger ses oreilles des explosions diverses et variées provoquées par une de ses brillantes inventions : la poudre « spécial proutonautes ».

Lise façonne une boule de neige et vise. Celle-ci atterrit sur le toit, juste devant le professeur, qui sursaute et se met à effectuer une drôle de danse. Ses bras s'agitent comme des pelles, déplaçant son cache-oreilles, de sorte qu'un cache se retrouve sur son œil.

– Qu'est-ce que vous fabriquez ? crie Bulle.

– Je... je me sers de mes bras... comme balancier, répond le professeur en agitant encore plus les bras. J'essaie de garder le haut du corps droit pour ne pas perdre l'équili... !

Le reste du mot est emporté dans sa chute. Bulle et Lise échangent un regard horrifié, avant de courir derrière la maison.

– Ohé ! appelle Lise.

– Ohé ! répète Bulle.

– Ohé, je suis là, répond une voix sous la neige.

Deux mains surgissent soudain.

– Maintenant qu'on a terminé avec nos « Ohé », vous pourriez peut-être m'aider à sortir de là ?

Lise et Bulle saisissent chacun une main et, pour la seconde fois dans la même journée, il faut extirper un adulte d'un tas de neige. Encore que le terme « adulte » ne convienne pas tout à fait ici. Car le professeur Séraphin invente des choses qui sont très enfantines et très amusantes, bref qui ne servent à rien aux yeux des grandes personnes. Mais quelle importance, puisqu'il a un jardin avec deux poiriers, deux bons amis et, de surcroît, la plus sympa et – pour autant qu'il puisse en juger derrière ses grosses lunettes toujours couvertes de suie – la plus adorable des femmes : Juliette Margarine.

– Pourquoi vous portez un casque ? demande Lise en aidant le professeur à se remettre debout.

– J'avais très froid aux oreilles, et je ne retrouvais pas mon bonnet, répond Séraphin. Alors, qu'est-ce qui se passe ?

Lise lui raconte ce qui est arrivé dans la cour de l'école.

– Gregor Galvanius, oui..., réfléchit le professeur en secouant ses cheveux pour faire tomber la neige. Une drôle de créature...

– Vous connaissez M. Hoquet ? s'étonne Bulle. Jojo et Gégé ont cousu son fond de pantalon à son fauteuil en faisant des points de croix qui partaient dans tous les sens. Il faut bien que les travaux manuels et la technologie servent à quelque chose ! Mais je n'ai aucune idée de comment ils ont pu faire ça sans qu'il s'en rende compte.

Le professeur Séraphin pousse un soupir :

– Gregor a dû s'assoupir un moment, le pauvre.

– Mais aucun prof ne s'endort pendant qu'il fait cours ! le reprend Lise.

– Si, ça peut arriver, quand il s'agit d'une créature qui aurait dû être en hibernation, explique Séraphin.

– Eh, c'est quoi, ça ? demande soudain Bulle montrant du doigt les pieds du professeur.

– Ça, explique le vieil homme en jetant un coup d'œil sur ses baskets rouge et orange avec des lacets bleus, c'est ma nouvelle invention : les chaussures d'équilibriste du professeur Séraphin ! Regardez...

Il soulève un pied et leur montre la semelle.

– Ce sont de vieilles chaussures de boxe que j'ai équipées de rails aimantés. Ça permet de garder l'équilibre n'importe où. Il suffit de tourner sur cette manette.

Une simple manette de cuisinière électrique est fixée sur le cou-de-pied. Lise lit les diverses positions :

LIGNE DROITE
LIGNE COURBE
CLÔTURE DE JARDIN
ARC DE PONT
FAÎTE DE TOIT

– Super ! s'écrie Bulle. Je peux essayer ?

– Pas encore, mon cher ami. Il faut que je les perfectionne un peu pour qu'elles deviennent... eh bien, parfaites.

– Alors pourquoi vous les avez mises pour marcher sur le toit ? rétorque le petit rouquin, un peu contrarié.

Car, quand Bulle veut tester une invention du professeur Séraphin, il préfère justement qu'elle ne soit pas parfaite. Sinon, c'est moins drôle.

– Je voulais régler l'antenne, répond Séraphin en montrant une grosse antenne de télévision qui dessine des traits noirs, tout hérissés, contre le pâle ciel hivernal. Je ne reçois presque plus aucune chaîne.

– Mais enfin, cher professeur, vous ne savez pas que les fréquences TV sont désormais numériques ? Les vieilles antennes ne servent plus à rien, lance Lise.

Le vieux savant fronce un sourcil et regarde à tour de rôle Lise, l'antenne de télévision puis sa montre.

– Il est déjà si tard que ça ? Bon, alors, quoi d'autre ?

– Comment ça ? dit Lise.

– Eh bien, qu'est-ce qui s'est passé d'autre ?

– J'ai vu quelque chose disparaître quand la neige a fondu, déclare Bulle.

– La neige disparaît quand elle fond, c'est normal. Quoi d'autre ?

– Le drapeau de l'école a perdu deux « e », annonce Lise.

– C'est donc que la fin du monde approche, déclare Séraphin d'un ton détaché, en avançant difficilement dans la neige jusqu'à sa porte d'entrée.

– Vous avez un conseil à nous donner ? Qu'est-ce qu'on doit faire ? s'enquiert Lise.

– C'est simple, répond Séraphin.

– C'est-à-dire ?

– Ce qu'on fait toujours dans ce cas : un flanc au caramel !

– Bon, dit le professeur une fois que nos trois amis, attablés dans la cuisine, ont englouti un mètre et demi de flanc au caramel.

Sur la table, hormis ce formidable dessert, il y a un modèle réduit d'hélicoptère qui lui sert à fouetter la crème Chantilly, un grille-pain en guise de séchoir express pour ses moufles et ses chaussettes, et une casserole spéciale soupe de poisson qui est percée d'un grand trou au fond, parce qu'il déteste la soupe de poisson.

– Tu as vu quelque chose, poursuit Séraphin.

– Ouais, dit Bulle en lâchant un rot. Oups ! Pardon.

– Je t'en prie. Dis-moi ce que tu as vu.

– C'est difficile à décrire... Les tourbillons de neige provoqués par la collision de Gregor Galvanius l'ont recouvert. J'ai seulement vu les contours. Mais quand la neige a fondu, c'était comme si ce qu'il y avait eu en dessous était invisible.

– Homme ou animal ?

– Aucune idée. Les empreintes ne ressemblent en tout cas à aucun animal connu. Ce n'était pas non plus la trace d'un pied humain, d'une chaussure ou d'une botte. On aurait dit une empreinte de...

Bulle ferme un œil et réfléchit très fort à comment il pourrait formuler ça.

– Hum ! lâche Séraphin. Et ce drapeau, il manquait le « e » final à « fanfare » et à « école », et quand vous êtes revenus, le « e » était de nouveau à sa place, c'est bien ça ?

Lise fait signe que oui.

Le professeur Séraphin se frotte le menton.

– ... Une empreinte de chaussette ! s'écrie Bulle tout heureux d'avoir trouvé.

Lise et Séraphin le dévisagent.

– Oui, c'est ça. Vous savez, quand vous avez les pieds mouillés dans vos chaussures et, qu'une fois déchaussé, vous marchez sur le sol avec vos chaussettes trempées.

– Un voleur de chaussettes, murmure Séraphin comme s'il se parlait à lui-même. Défaut de prononciation, faute d'orthographe, camélé...

En se rendant compte que les enfants sont toujours là, il se tait brusquement.

– Un voleur de chaussettes ? répètent Lise et Bulle d'une seule voix.

– Euh, je parlais d'autre chose... Oh, vous avez vu ? Il s'est remis à neiger.

Ils jettent un coup d'œil dehors. C'est vrai : il tombe un ou deux flocons.

Lise regarde le professeur Séraphin :

– C'est quoi un voleur de chaus... ?

– Euh... je suis en train d'inventer quelque chose, l'interrompt le vieux savant. C'est un croisement, par mutation génétique, entre un sapin de Noël et un sapin ordinaire. Les boules, les anges en papier et les guirlandes lumineuses pousseront toutes seules. Il suffira d'aller le couper en forêt et on n'aura qu'à le placer tout décoré dans son salon. Qu'est-ce que vous en pensez ?

Bulle secoue la tête.

– Mauvaise idée. C'est décorer le sapin qui est amusant.

– Vraiment ? s'étonne le savant.

– Ben oui, dit Bulle en raclant son assiette. Vous ne pourriez pas plutôt inventer un système pour que la fanfare de l'école joue juste ?

– Ah ! non ça c'est impossible, réplique le professeur Séraphin. Mais si je préparais une bouillie traditionnelle de Noël qui aurait le goût du flanc au caramel ?

– Ça, ce serait génial ! s'écrie le petit garçon qui lorgne sur le dernier morceau de flanc qui reste dans le plat. Si personne n'en veut, je me dévoue...

– Professeur, pourquoi vous avez dit « voleur de chaussettes » tout à l'heure ?

– J'ai dit ça ? J'ai dû me tromper, je n'en ai jamais entendu parler et vous non plus, d'ailleurs.

Lise regarde Bulle, dont les joues sont toutes gonflées, et le plat de flanc au caramel, où il ne reste plus rien.

– Oh, mais il se fait tard ! s'exclame Séraphin en bâillant très fort, et de manière trop ostensible.

– Tu n'as pas trouvé que le professeur était bizarre, ce soir ? demande Lise une fois dehors sur les marches.

– Non, répond Bulle, tout sourires, en faisant un gros rot.

– Moi, je trouve que si, insiste Lise qui n'en démord pas et lève les yeux au ciel.

Puis elle rentre chez elle, dîne, fait ses devoirs, joue un peu de clarinette quand sa maman lui dit qu'il est temps d'aller au lit. Or, Lise trouve aussi que c'est l'heure de se coucher. Elle se brosse les dents et descend dire bonne nuit à ses parents qui regardent un programme de télé-réalité, où des hommes et des femmes s'égosillent en faisant flotter de longues capes blanches autour d'eux, telles des voiles dans la brise d'été. Lise songe qu'elle a hâte d'être au printemps.

– C'est quoi ? s'étonne-t-elle.

– Ça ? dit son papa commandant. C'est la grande Com–PET–ition de chœurs. Le chœur qui gagne remporte cent mille couronnes et cinquante centimes. Plus une émission de télévision. Plus un voyage et un séjour gratuit dans un camping au Danemark.

– Plus des séances gratuites chez le coiffeur de Moss & Voss pendant six mois, renchérit sa mère. Plus...

– Qui chante ? se renseigne Lise.

– Le Chœur de Hallvard Tenoresen, répond son père avec sa grosse voix.

– Qui est Hallvard Tenoresen ?

– « Qui est Hallvard Tenoresen ? » répète sa mère qui n'en revient pas. Honnêtement, Lise, du devrais lire un peu plus la presse people ! Hallvard Tenoresen est appelé « le chiropracteur chantant de Jonköping ». C'est le chef de chœur le plus séduisant du sud de Tromsø. Tu as vu comme il est sexy ? C'est étonnant qu'il ne soit pas marié...

– Non, c'est le contraire qui eût été étonnant, la corrige son mari.

Lise regarde un instant les membres du chœur qui ouvrent tous grand la bouche, chantent et sourient. Puis elle s'en va.

Une fois dans son lit, elle éteint la liseuse, allume sa lampe de poche et éclaire une fenêtre de la maison jaune, de l'autre côté de la rue. Et comme d'habitude, des doigts minuscules commencent à faire un théâtre d'ombres. Ce soir, elle voit un homme qui a le hoquet et qui dévale une pente avant de se cogner dans quelque chose. Et une dame au long nez qui l'aide à se relever. On dirait que l'homme essaie de l'embrasser, mais elle le repousse. Lise rit tout haut. Elle oublie complètement ce qu'elle voulait se rappeler, et elle oublie même qu'elle l'a oublié. Puis la représentation se termine et Lise s'endort aussitôt, bien au chaud sous la couette. Elle ne remarque pas qu'il a cessé de neiger dans la rue du Canon ni qu'un drôle de bruit remonte de la bouche d'égout. Il s'élève jusqu'à la lune qui cligne des yeux, ensommeillée, au-dessus d'Oslo, en fredonnant une chanson.

CHAPITRE 3

Les araignées à sept pattes et Apollo 11

Le lendemain à l'école, tout le monde ne parle que de la grande Com–PET–ition de chœurs et veut savoir qui a voté pour qui.

– Le Chœur de Hallvard Tenoresen, disent certains.

– Le Chœur à Hallvard Tenoresen ! renchérissent d'autres.

Et quelques-uns résument en disant seulement :

– Hallvard Tenoresen.

La finale a lieu le soir même et tous vont rester scotchés devant l'écran, bien sûr, surtout pour voir leur préféré, Hallvard Tenoresen.

À la récréation, les filles mangent leurs sandwiches sur un banc, dans le couloir, et dissertent sur sa longue mèche souple qui tombe sur ses yeux bleus si doux, sur ses dents parfaites qui ont l'air d'être au garde-à-vous dans sa bouche.

– Non, sérieusement, déclare Béatrice qui est non seulement la fille la plus mignonne de la classe, mais aussi la meilleure en mathématiques, en gymnastique, en jeux

avec un élastique, bref dans tout – ou presque – qui se termine par « tique ». Je trouve qu'on devrait fonder notre propre chœur. Et comme ça, on se présentera l'année prochaine. Qu'est-ce que vous en dites ?

Comme toujours, quand Béatrice a une idée, les autres filles approuvent aussitôt. Sauf Lise, qui a tout juste le droit de s'asseoir à l'extrême bout du banc.

Béatrice rejette en arrière ses longs cheveux blonds et admire ses jolis ongles sur lesquels elle a mis du vernis le matin :

– Ça va le faire, je le sens, on est sûres de gagner. Il suffit de nous regarder, non ? On a du charme à revendre, de la beauté intérieure, bref tout ce qu'il faut, quoi.

Lise lève les yeux au plafond, mais personne ne la voit. De toute façon, même si les filles l'avaient vue, elles n'en auraient rien eu à faire.

– Mais comment on fait pour démarrer un chœur ? hasarde une des filles.

– C'est fastoche, déclare Béatrice en tripotant une de ses mèches. On a juste besoin d'un chef de chœur.

– Mais comment on fait pour en trouver un ?

Une petite voix qui vient d'en haut s'écrie :

– Un chef de chœur ?

Et au même instant, quelqu'un dégringole et atterrit juste devant elles avec un bruit sec : deux semelles, taille vingt-huit. Des yeux qui pétillent dans un visage constellé de taches de rousseur, et sur la petite tête, un gros bonnet en tricot orange qui penche sur le côté.

– Pas de problème, je prends le job.

– Mais d'où tu sors ? demande Béatrice.

– De l'étagère à chapeau, répond Bulle qui froisse le papier d'emballage de son sandwich pour en faire une boule qu'il lance, en un parfait arc de cercle, dans la poubelle à côté de Lise.

– Je commence quand ?

Béatrice fait la moue.

– Un nain rouge comme chef de chœur ? Pour qui il nous prend, celui-là ?

Les autres filles pouffent.

– Y aurait pas grand-monde pour voter pour nous, chuchote l'une d'elles.

– Sûr que les gens seraient morts de rire, renchérit une autre.

– Je ne crois pas que ce soit d'actualité, minus, conclut Béatrice.

– Mon offre tient encore cinq secondes très précisément, dit Bulle. Quatre, trois... Alors, vous dites quoi ?

Et la réponse, pour une fois, fuse en chœur :

– NOOON !!!!

– Tant pis pour vous. Mais ne venez pas vous plaindre d'avoir laissé passer votre chance quand nous gagnerons l'année prochaine...

– Qui ça, « nous » ? demande Béatrice.

– Eh bien...

– Mais encore ?

– Lise, soprano et moi, ténor.

Les filles, hystériques, partent d'un grand éclat de rire, mais Lise proteste :

– Enfin Bulle... !

– Et vous avez déjà un nom ? ricane Béatrice.

– Quelle question ! Évidemment : « L'Ensemble Vocal Hybride de Bulle », soit le groupe EVHB pour les intimes.

– Ha, ha ! se moque Béatrice. Tu parles d'un chœur ! Vous n'êtes que deux. Dans celui de Hallvard Tenoresen, ils sont au moins une trentaine, ça le fait trop.

– Qui a parlé d'être deux seulement ? réplique Bulle. On est beaucoup plus.

– C'est qui les autres ?

– Eh bien, le professeur Séraphin est baryton, répond Bulle qui fronce un sourcil en comptant sur ses doigts comme s'il avait du mal à se souvenir de tous les noms. Et... pour l'alto, on a sa fiancée, Juliette Margarine. Et puis, naturellement, il y a la voix de castrat, et pour ça nous avons Perry.

– C'est qui Perry ?

– C'est une araignée à sept pattes du Pérou. Elle peut émettre des sons si aigus que seuls ceux qui ont l'oreille musicale sont capables de les entendre. Vraiment, des sons d'une finesse inouïe !

– Peuh ! rétorque Béatrice. T'inventes n'importe quoi, Bulle, comme d'habitude. Tout le monde sait que ça n'existe pas les araignées à sept... à sept...

– Ah bon ? fait Bulle. Dis bonjour à...

Sur ces mots, il soulève son bonnet :

– ... à Perry !

Les filles se mettent à hurler. Certaines font même tomber leurs tartines par terre. Car au sommet de la tête de Bulle est juchée une araignée noire aux pattes arquées. Il faut reconnaître qu'on ne saisit pas au premier coup d'œil qu'elle est péruvienne, ni qu'elle est vampire et qu'elle aime chanter, d'ailleurs. Mais, bon, on voit que c'est une vraie araignée. Et pour peu qu'on se donne la peine de compter, on pourrait quand même voir ses sept pattes.

– Elle... elle sait vraiment ch... chanter ? bafouille Béatrice.

– Bien sûr, affirme Bulle. Tu n'entends pas ?

Il ferme les yeux en balançant la tête de gauche à droite en fredonnant :

– Alléluia, alléluia...

Les filles fixent Bulle et l'araignée, les yeux écarquillés. Lise pousse un soupir. C'est encore pire que d'habitude.

– Sérieusement, dit Béatrice, je n'entends que toi, espèce d'idiot ratatiné.

– C'est normal, intervient Lise. Il vient de t'expliquer que seuls ceux qui ont l'oreille musicale peuvent l'entendre.

Le problème, c'est que la musique, ça se termine par « ique », donc, logiquement, Béatrice aurait dû être excellente dans ce domaine aussi. Et Lise qui osait lui dire qu'elle n'avait pas l'oreille musicale !

– Alléluia, alléluia..., fredonne Lise en faisant les mêmes mouvements de tête que Bulle.

– Non sérieusement, lâche Béatrice en se levant. Venez les filles du chœur, on s'en va.

Du coup, toutes les filles prennent une mine hautaine et passent en file indienne devant Lise, Bulle et Perry pour sortir dans la cour.

– Bon, fait Lise. Moi qui espérais devenir leur amie... les voilà parties. Pour une fois que j'avais le droit de m'asseoir sur le banc !

– Ça nous fait plus de place maintenant, la console Bulle en s'asseyant à côté d'elle. Et puis, quelle idée de chanter dans un chœur quand on fait déjà partie de la fanfare ?

« Au fond, il n'a pas tout à fait tort », admet Lise.

– Oh la jolie araignée que voilà !

Bulle et Lise sursautent, car ils ne l'ont pas entendu arriver. Penché au-dessus d'eux, le professeur de technologie, Gregor Galvanius, les regarde fixement – surtout Bulle – avec ce qu'on pourrait appeler des yeux gloutons.

– Monsieur Hoquet, s'étonne Bulle.

– M. Hoquet ? répète Galvanius tandis que ses paupières glissent et coulissent sur ses yeux légèrement globuleux qui dévorent Perry du regard. C'est comme ça que tu appelles cette friandise-là ?

– Oh, lui ? dit Bulle. Entre amis, on l'appelle simplement Perry. Vous aimez les araignées, monsieur Galvanius ?

– Oui, beaucoup, répond celui-ci en tirant une longue langue et en se léchant les babines. Tous les insectes en général, pourrait-on dire.

– Ah bon ? fait Bulle. Celle-ci est une...

– Araignée vampire à sept pattes du Pérou, complète Galvanius. Et bien grasse avec ça !

Un fin filet de bave commence à couler d'un coin de sa bouche.

Bulle attrape son bonnet orange et le remet sur sa tête, en recouvrant Perry.

– C'est à cause du froid, explique Bulle. Perry a très vite froid aux pattes, et comme elle en a sept, eh bien ça fait... euh ! sept fois plus froid. Logique, non ?

Pendant ce temps, Lise observe les chaussures de M. Galvanius. Toutes neuves apparemment. Et bizarres.

– Que se passe-t-il ici ? lance une voix.

C'est Mme Strobe. Galvanius est pris d'un hoquet et devient tout rouge.

– Vous n'allez pas en classe ? demande-t-elle.

– Mais ça n'a pas encore sonné, dit Lise.

Comme par hasard, c'est à cet instant que la sonnerie retentit, à croire qu'elle obéit au doigt et à l'œil de Mme Strobe. Avec la même frénésie déchaînée qu'un bourdon enfermé dans un pot de confiture.

Bulle et Lise se mettent à courir vers leur salle de classe. Derrière eux, ils entendent la voix de Mme Strobe.

– Cela vaut aussi pour vous, Gregor.

– Bien entendu, madame Strobe.

Sur ce, Galvanius s'éloigne en faisant de grands bonds un peu étranges.

Une fois que Lise et Bulle sont dans la classe et que la leçon commence, Lise voit Béatrice et les autres filles chuchoter entre elles et lancer des regards mauvais dans leur direction en ricanant. Oui, Bulle avait raison. Pourquoi chanter dans un chœur quand on joue déjà dans une fanfare ? D'ailleurs, ce soir, ils ont répétition.

CHAPITRE 4

Chœur et fanfare

Toute la Norvège est installée devant son poste lorsque Karl Pape, l'animateur de la grande Com–PET–ition de chœurs, annonce face à la caméra que l'heure de la grande finale a sonné :

– Le premier chœur à se présenter devant vous est...

Sa voix grimpe dans les aigus quand il ouvre les bras en direction de la scène :

– Hallvard Tenoresen et les *Funny Voices* !

Soudain ils sont là, dans leurs belles chemises noires cintrées et stylées. Les *Funny Voices* et, devant eux, Hallvard Tenoresen, leur chef de chœur, dans une chemise encore plus noire, plus cintrée et plus stylée. Ce dernier se fend d'un large sourire, lève les deux mains, pince le pouce et l'index comme s'il prenait avec des pincettes quelque chose de sale, secoue bizarrement la tête comme s'il recevait des décharges électriques et le chœur se met à chanter :

Money money money
Must be funny
In a rich man's world[1] *!*

Au troisième vers, Tenoresen se tourne vers la caméra et continue de diriger comme s'il voulait que tous les gens assis devant leur télévision chez eux chantent avec lui.

Et c'est ce qu'ils font tous. Une tasse de café, une bouteille de soda ou une tétine à la main, tous chantent en chœur à quel point il est ennuyeux de travailler et comme il doit être amusant d'être riche.

1. L'argent l'argent l'argent
Ça doit être amusant
Dans un monde de riches !

Après la chanson, Karl Pape revient à l'écran et s'écrie :

– Bravo ! Si vous voulez voter pour les *Funny Voices*, appelez le numéro que vous voyez au bas de votre écran !

Alors les gens du nord au sud, autrement dit de Kirkenes à Lindesnes, se précipitent sur leurs téléphones pour voter. Puis, quand c'est au tour des autres chœurs de chanter, les gens mangent des chips, du pop-corn, des pizzas – n'importe quoi du moment qu'il y a un « p » à l'intérieur du mot – et commentent la fantastique prestation de Hallvard Tenoresen.

Dans un salon de coiffure à Hønefoss, une coiffeuse a un petit rire étouffé :

– Je crois bien que je vais prendre rendez-vous chez ce chiropracteur Tenoresen.

Dans une cafétéria à Fræna, un chauffeur routier s'exclame :

– Il paraît qu'il peut soulever par le col trois gars à la fois, et en même temps changer de roue, jouer de la balalaïka et faire la vaisselle !

Dans une maison de retraite à Raufoss, le doyen dit d'une voix chevrotante :

– C'est marqué dans le magazine qu'il a embrassé six cent soixante-deux jeunes filles et femmes sur la bouche. Plus un homme qui avait l'air d'une femme. Et une femme qu'il croyait être un homme déguisé en femme...

Lorsque tous les chœurs ont fini leur prestation et qu'il est dix-neuf heures passées d'une minute, le visage de Karl Pape réapparaît à l'écran :

– Eh bien, il est l'heure de voter pour ceux qui ne l'ont pas déjà fait. Le standard est ouvert jusqu'à vingt heures. Alors, nous pourrons procéder au décompte des votes et nous saurons enfin qui a gagné...

Il fait signe au public de répondre en chœur avec lui :

– La grande Com–PET–ition de chœurs !

À dix-neuf heures très exactement, Madsen ajuste ses lunettes noires de pilote, s'éclaircit la voix et lève sa baguette. Dans le gymnase lui font face des garçons et des filles avec des trompettes, des clarinettes, des caisses claires, des cors, des saxophones, la grosse caisse et le tuba, bref tout ce qui compose la fanfare de l'École de musique de Dølgen. Cette harmonie a reçu une mention spéciale lors des rencontres de fanfares à Stampesletta : le jury a estimé que c'était, sans conteste, la pire fanfare qu'il ait jamais entendue et, qu'à l'exception de talents isolés tels, principalement, le minuscule rouquin à la trompette, il fallait vraiment que le chef d'orchestre ait le feu sacré pour diriger pendant tant d'années une formation aussi remarquable d'enfants aussi peu musiciens. Et Madsen s'était vu remettre son prix : une paire de bouchons protecteurs en cuir pour les oreilles, de fabrication allemande. Ce dernier a résolument jeté les bouchons et imposé une autre répétition dans la semaine.

Le voilà donc qui donne la mesure de cette *Assez ancienne marche militaire*, composée après l'*Ancienne marche militaire* et avant la *Nouvelle marche militaire.* Il ne compte pas normalement, mais à rebours, comme si la bombe placée devant lui était à deux doigts d'exploser :

– Quatre... trois... deux...

Il fait une dernière prière muette avant de crier un « Un ! » déterminé en laissant retomber sa baguette.

Trois minutes plus tard, cette même baguette dessine une croix dans l'air. Cela signifie que l'*Assez ancienne marche militaire* est terminée. Et hormis un bêlement de saxophone, tous se sont presque arrêtés en même temps.

– Hum, fait Madsen une fois le silence retombé.

Il se demande comment caractériser par une phrase ce qu'il vient d'entendre. Car, pour une fois, le résultat n'est pas catastrophique. Il y a quelques fausses notes, évidemment, il ne faut pas rêver : une clarinette un peu nerveuse qui a dérapé dans les aigus, les cors qui ont fait des couac et la grosse caisse qui a tapé à contretemps et peut-être aussi le pet de quelqu'un qui a fait trop d'effort pour souffler... Mais bon, grosso modo, ça va. C'est même presque bien.

Madsen se racle la gorge, tandis que la fanfare attend avec impatience son verdict.

– Pas mal, dit-il.

Madsen n'aime pas les exagérations. D'où ce « pas mal ». Mais ce n'est pas ça non plus. Il ne faut pas exagérer dans l'autre sens.

– Pas mal du tout, corrige-t-il.

Il est indéniable que la fanfare de l'École de musique de Dølgen a fait des progrès considérables depuis le fiasco de cet été. Madsen entrevoit, pour la première fois dans sa vie de chef d'harmonie, une lueur d'espoir. Et il ressent une émotion qu'il n'a – et pour cause – jamais sentie avant : il est touché. Ses yeux se mouillent légèrement derrière ses lunettes noires. Il les remonte aussitôt pour que personne ne s'en rende compte.

– On reprend, annonce-t-il en oubliant de s'éclaircir la voix.

La fanfare rejoue. Puis encore une fois, et ça sonne de mieux en mieux.

– Allez, une dernière fois avant la pause, dit Madsen.

Il lève sa baguette, mais la baisse avant d'avoir compté la mesure.

– Mais qu'est-ce que vous faites Jojo et Gégé ?

Les deux frères ont rangé leurs caisses claires, remonté la fermeture Éclair de leurs gros blousons qui les font ressembler à des piles de pneus, et se dirigent vers la sortie.

– On rentre pour voter Tenoresen, déclare Jojo. Les lignes téléphoniques ferment dans une demi-heure.

– Mais la répétition n'est pas terminée, proteste Madsen.

– Pour nous, si. On arrête tout.

– Vous ar... rêtez ?

Madsen remonte encore ses lunettes, mais il a bien vu et bien entendu. Les deux lourdauds ont la ferme intention de laisser tomber sa fanfare !

– Vous ne pouvez pas arrêter maintenant, intervient Lise. Ça commençait juste à ressembler à une vraie fanfare...

– Ta gueule, Lise-la-péteuse, lâche Jojo. La fanfare, ça pue.

– Ouais, ça pue grave, renchérit Gégé en ouvrant la porte du gymnase.

– Attendez ! crie Madsen. Mais qu'est-ce que vous allez faire ?

– On va chanter dans un chœur.

– Un chœur ?

Madsen n'en croit pas ses oreilles, pourtant si fines.

– Qui veut chanter dans un chœur quand on peut jouer dans une fanfare ?

– Nous, répond Jojo. Et elles aussi.

Ils montrent du doigt Béatrice et deux de ses amies qui rangent leurs instruments.

– Et eux, ajoute Gégé en montrant les trois cornistes qui ont déjà mis les leurs dans leurs boîtes.

– Que se passe-t-il ? s'écrie Madsen en tapant son pupitre avec sa baguette.

Mais en pure perte : presque tous les autres instrumentistes remballent aussi leurs affaires.

– Une mutinerie ! s'écrie Bulle en sautant sur sa chaise.

Mais personne ne le remarque. Les joueurs sortent à la queue leu leu et, en passant devant lui, Béatrice qui ferme la marche, lui tire la langue avant de claquer la porte derrière elle.

Dans le gymnase silencieux, Lise regarde autour d'elle. Hormis Madsen, Bulle et elle-même, il ne reste que Janne au tuba, une fille qui ne parle jamais à personne et qui met du sparadrap sur les verres de ses lunettes pour ne pas être aveuglée par la neige en janvier.

Madsen reste longtemps immobile, les bras ballants, la lèvre inférieure tremblante, jusqu'à ce que sa bouche ne tremble plus du tout. Alors, il remonte ses lunettes sur le nez et lève sa baguette vers les trois musiciens qui restent :

– Vous êtes prêts à reprendre cette vieille marche militaire ? Alors, un... deux... trois...

Une fois rentrée chez elle, Lise range ses bottes dans le placard et pénètre dans le salon. Face aux dos des fauteuils de son père et de sa mère, elle voit l'écran de télévision où Tenoresen, les bras pleins de fleurs, fait un large sourire au public.

– Coucou, c'est moi ! lance Lise.

– Tenoresen et *Funny Voices* viennent de gagner le concours ! annonce le père tout heureux. Ch'est formidable, non ?

– Bonsoir ma chérie, dit la mère sans se retourner. Tu trouveras de quoi te faire à manger dans le frigo.

– Vous savez quoi ? Ils veulent presque tous arrêter la fanfare et chanter dans un chœur, et...

– Chut ! dit la mère. Tenoresen va diriger à nouveau.

Comme fascinés, les parents se penchent en avant pour mieux entendre.

Lise se rend dans la cuisine et prend deux tartines avec du fromage. Elle entend ses parents chanter à tue-tête :

Ah l'amour, ch'est le plus beau mot qui existe sur Terre...

Après avoir bu un verre de lait et s'être brossé les dents, Lise retourne voir ses parents. La fameuse Com–PET–ition de chœurs vient de s'achever, c'est l'heure des informations. Le journaliste annonce que le vainqueur de ce concours accordera justement une interview après le journal télévisé.

– Eh bien, bonne nuit, déclare Lise en embrassant son père et sa mère.

– Ah ! j'oubliais de te dire, se rappelle soudain sa mère. À la réunion parents-profs, Mme Strobe m'a dit que tu devrais lever la main plus chouvent, parce que tu chais toujours les réponses.

– D'accord, glisse Lise qui n'a pas le courage de lui expliquer que Bulle répond toujours avant même qu'elle ait le temps de lever la main, et systématiquement à côté.

– Nous avons aussi rencontré ton nouveau professeur de technologie, intervient le père. M. Galvanius, ch'est bien cha ?

– Moi, il m'a presque fait peur, avoue la mère en frissonnant. Tu n'as pas trouvé que cha main était visqueuse ? Il avait de drôles de doigts, un peu palmés.

Le papa commandant rit à en faire trembler son gros ventre de commandant.

– Ha, ha ! Tu exagères, ma chérie. Tu ne trouves pas, Lise ?

– Hum..., fait la petite fille qui a la tête ailleurs ; le journaliste du JT vient d'attirer son attention avec un communiqué.

Coincée entre un tremblement de terre à l'autre bout du monde (ce qui arrangeait tout le monde de ce côté-ci) et le bulletin météo, la nouvelle tient en une courte phrase à côté de laquelle il est facile de passer. Mais Lise en a la chair de poule. Comme lorsqu'elle a découvert le drapeau de la fanfare dans le gymnase.

– Allez, bonne nuit, mon trésor, dit son papa en l'embrassant sur le front.

Couchée dans son lit, la petite fille ne trouve pas le sommeil et se répète cette phrase en boucle. Cette phrase dite en catimini avec un petit sourire : « La police a constaté une forte augmentation de vols de chaussettes. »

CHAPITRE 5

Boules de neige et cerveaux à sucer

En se réveillant le lendemain, Bulle remarque un changement imperceptible. Il ne saurait dire ce que c'est, parce que la plupart des choses ont l'air exactement comme d'habitude. Sa grande sœur Eva, par exemple, s'est enfermée à clé dans la salle de bains. Elle lui hurle de déguerpir et de ne pas la déranger quand elle se fait belle.

– Pendant que tu presses tes points noirs, tu veux dire ? la charrie Bulle de l'autre côté de la porte.

– Tu peux crever, espèce de nain de jardin ! éructe-t-elle. J'ai pas l'intention de me grouiller. Churtout pour toi.

Bulle descend dans la cuisine et se prépare quatre tartines : une pour manger tout de suite et deux qu'il emballe pour l'école et les manger à la récré. La dernière, il la met sur une assiette avec un verre de jus d'orange et le journal déposé au petit matin,

et il porte tout ça dans la chambre de sa mère, sur la table de nuit. Puis il secoue doucement sa mère :

– Réveille-toi, ô mère incomparable au-dessus de toutes les mères. Il fait un temps splendide dehors.

Elle se retourne dans son lit, le fixe d'un regard soupçonneux avec un œil injecté de sang et claque deux fois la langue avant de grogner :

– Toujours aussi menteur, che Bulle.

– Il fera moins huit degrés et il y aura du soleil, lit Bulle dans le journal.

– Cha chuffit ! Lis-moi les gros titres, ordonne sa mère qui ferme son œil et se tourne de nouveau vers le mur.

« Hallvard Tenoresen triomphe ! lit Bulle à haute voix. Dans une interview, le vainqueur déclare que la Norvège est mal gouvernée, que le roi et le Premier ministre sont incompétents et que le fier peuple norvégien devrait au plus vite se choisir un leader qui sait comment s'y prendre. Quelqu'un qui sait comment faire en sorte que le peuple travaille main dans la main, dans un but commun. Exactement comme dans un chœur. »

– Hum ! D'autres nouvelles ?

– Voyons un peu..., dit Bulle en plissant des yeux pour voir le minuscule titre sous l'immense photo de Hallvard Tenoresen. Ah ! il y a eu un gros tremblement de terre quelque part dans le monde.

– Où ?! crie sa sœur dans la salle de bains.

Bulle a beau essayer de déchiffrer les lettres :

– C'est écrit trop petit, j'arrive pas à lire.

– Aucun intérêt, tranche sa mère. Lis-moi d'autres choses sur Tenoresen.

– Il dit que c'est urgent, lit encore Bulle. « Je suis prêt à assumer la mission de sortir la Norvège de ce mauvais pas, si le peuple veut bien de moi, a déclaré Tenoresen dans une interview à la télévision. »

Le petit garçon éclate de rire.

– Qu'est-che qui te fait rire, imbécile ! vocifère sa sœur.

Elle est enfin sortie de la salle de bains et se tient dans l'embrasure de la porte, affichant un visage parsemé de petits cratères enflammés.

– Tenoresen, répond Bulle. Ce type s'imagine déjà à la tête du gouvernement, il est vraiment gonflé !

Et il dessine dans l'air, comme si c'était le gros titre d'un journal : « Le chiropracteur chantant prend le pouvoir en Norvège. »

Bulle manque de s'étrangler de rire, mais il s'arrête net en voyant que sa mère et sa sœur le regardent fixement.

– Chur qui d'autre que Tenoresen pouvons-nous compter, hein ? réplique sa mère. Chur toi, peut-être ?

Eva rit, elle trouve que sa mère a bien mouché Bulle, et celle-ci rit encore plus fort de voir Eva rire de sa repartie. Le petit rouquin regarde l'heure, repose le journal et sort de la chambre pour prendre son cartable.

– Mets en marche la machine à café avant de partir ! s'écrie sa mère derrière lui.

Comme toujours, Bulle attend devant le portail de Lise qu'elle sorte avec son cartable sur le dos. Et comme d'habitude ils ne disent pas un mot, mais descendent la rue du Canon pour aller à l'école.

– Tout est normal, souffle Lise quand ils approchent de la maison de Jojo et Gégé. Mais j'ai comme l'impression que... que...

– Que quelque chose est terriblement anormal, complète Bulle. Tu le sens aussi ?

– Maman et papa, ils ne sont pas comme d'habitude.

– C'est pareil chez moi, renchérit Bulle. Sauf que pour moi, il est très normal que ma mère et ma sœur soient anormales.

– Et que presque toute la fanfare décide d'arrêter comme ça d'un coup, tu trouves ça normal, toi ?

– Non, pas du tout, mais alors pas du tout, répète-t-il. Ça me fiche presque la trouille.

– En tout cas, du côté des frères Morue, tout a l'air normal, dit Lise en faisant un signe de tête vers la clôture de la villa, devant eux.

Effectivement : derrière la barrière, Jojo et Gégé Morue se tiennent dans leur château fort de neige, avec chacun une boule de neige à la main. Ils attendent, un rictus sur le visage, que nos deux amis passent pour les bombarder. Bulle et Lise ont souvent droit à plusieurs salves tandis qu'ils prennent leurs jambes à leur cou, mais ils réussissent presque toujours à passer à travers. Il faut dire que les jumeaux sont devenus si gros et gras, au fil des ans, qu'ils n'arrivent plus à effectuer un beau lancer.

Mais Lise devine qu'aujourd'hui ils ne s'en tireront pas aussi facilement.

Car les jumeaux sautent par-dessus la barrière, bien décidés à leur barrer la route. Chacun tient une boule de neige géante et Lise voit les premiers rayons du soleil scintiller sur une fine pellicule : elle comprend que Jojo et Gégé ont versé de l'eau à la surface pour en faire des balles de... glace !

– Du calme, Lise, murmure Bulle. Laisse-moi faire.

Lise regarde son ami haut comme trois pommes. La vérité et lui, ça fait deux – ce qui peut être vraiment énervant, mais elle ne connaît personne d'aussi courageux que lui. Si courageux qu'elle se demande s'il n'est pas un peu bête parfois.

– Bonjour, capitaine Morue et capitaine Morue ! déclame Bulle avec un large sourire. Car ce sont bien des casquettes de capitaine que vous avez sur la tête, n'est-ce pas ?

– Des casquettes de chanteur de chœur, répondent les jumeaux d'une seule voix, pas peu fiers de leurs nouveaux couvre-chefs.

Elles sont blanches avec une visière noire brillante avec un gland au bout d'un cordon.

– De chœur ? s'exclame Bulle. Si j'ai bien compris, non seulement vous savez jouer de la batterie, mais vous savez aussi chanter ! Qui aurait cru qu'autant de talent se logerait dans des corps si petits ?

– Talent ? répète Jojo en fermant un œil d'un air soupçonneux. Ch'est pas toi qu'as dit ici même avant Noël

qu'on avait autant le chens du rythme que deux poêles en fonte ? Tu te rappelles pas la raclée que tu t'es prise ?

Jojo rit à ce bon souvenir.

– Visiblement, cha t'a pas chuffi, ajoute Gégé en levant la main avec la boule de neige glacée.

– Vous m'avez mal compris, se défend Bulle. J'ai dit que vous étiez deux poêles en fonte de la marque Jøtul, ceux qui servent à chauffer la maison, ceux qui sont tout en rondeur, comme une bosse. Aucun poêle ne peut rivaliser avec eux pour ce qui est d'avoir le sens du rythme : il suffit de penser à la bossa nova de Jøtul ! Vous en connaissez beaucoup, vous, d'autres poêles capables de jouer soixante-dix à la noire dans un rythme à deux temps parfait ?

Jojo et Gégé regardent Bulle bouche bée, laissant sortir autant de buée que deux cheminées.

– Fais gaffe, il cherche à nous avoir, chuchote Gégé à son frère.

– Mais, ajoute Jojo, je le crois quand il dit que je chuis un bon batteur.

– Ch'est parce qu'il a réussi à t'embobiner, explique Gégé.

– O.K., admet Jojo.

– On va le réduire en pièces, et pour commencer on va lui abîmer le portrait, murmure Gégé.

– Oui, on en a marre de cha tête, renchérit Jojo en levant la boule de glace.

– Attendez, je vais vous faciliter la tâche, dit Bulle en enlevant son bonnet orange.

– Ha, ha ! s'esclaffent les jumeaux en faisant de grands mouvements de bras.

– Ch'est quoi, che qu'il a chur la tête ? s'étonne Gégé.

– Ch'est un animal, répond Jojo.

– Je le vois bien, mais quel genre d'animal ?

– Une bestiole.

– Ch'est peut-être un pou ?

– Oui ! rit Gégé. Le gnome a des pous ! Vas-y, réduis-le en pièces !

– Allez-y, je vous en prie, rétorque Bulle immobile et souriant. Mais il est de mon devoir, en tant que voisin, de vous mettre en garde contre les conséquences d'un jet de boule de neige gelée sur une araignée vampire à sept pattes du Pérou.

– On vise la tête ! crie Jojo.

– Attends ! dit Gégé. Quel genre de con... congo... conso... ganses ?

– Eh bien, déclare Bulle, en tant que Péruvienne, cette araignée vampire a grandi dans les Andes, ces régions montagneuses enneigées où sévit la guerre et où les batailles de boules de neige font partie du lot quotidien. Vous avez entendu parler de la guerre de Trente Ans de batailles de boules de neige ? Non ? Alors, pour aller vite, disons que si Perry est touchée par une boule de neige, elle réagit de manière tout à fait incontrôlée...

– Attends ! dit Jojo. Cha veut dire quoi, cha... ?

– Ça veut dire qu'elle se venge ! s'écrie Lise tout étonnée d'avoir osé prendre la parole. Elle se faufile dans l'oreille du lanceur de la boule de neige, jusqu'à son cerveau...

– Pouah ! fait Gégé.

À cette pensée, Jojo tente de fourrer un doigt boudiné dans son oreille, mais il a oublié qu'il a gardé ses moufles.

– Et elle commence à sucer..., poursuit Lise.

– Chucher ?! s'exclament à l'unisson les deux frères.

– Sucer..., reprend Bulle tandis que les jumeaux se penchent pour mieux entendre, ... toute la moelle du cerveau.

Il accompagne ce dernier mot d'un bruit d'aspiration goulue et les garçons reculent malgré eux d'un pas.

– D'abord, tu oublies tes tables de multiplication, les noms des pays d'Europe, dit Lise pour enfoncer le clou. Puis tout ce que tu as appris à l'école.

Comme cela ne leur fait ni chaud ni froid, elle ajoute :

– Ensuite tu oublies les notes de l'hymne national, les noms de tous tes amis, le chemin pour rentrer à la maison, et pour finir, tu ne sais même plus comment tu t'appelles.

Mais Gégé n'en a rien à faire. Il bâille d'ennui.

Jojo lève sa boule de neige.

– Et pour finir, tu oublies de manger, ajoute Bulle. Tu deviens maigre comme un fil et tu meurs de faim !

Les deux frères écarquillent les yeux de terreur.

– Cha y est, il recommence à nous embobiner, réagit Jojo.

– Chi tu crois que tu nous impressionnes, espèce de minus ! fait Gégé et il tend la main pour attraper la bestiole sur la tête de Bulle et ouvre sa moufle :

– Ha, ha ! s'exclame-t-il avec un rire triomphant. Je la tiens ! Ch'est qu'une vulgaire araignée !

– Arrache-lui une patte ! crie Jojo en sautant sur place. Non ! Arrache-lui trois pattes ! Cha en fera une araignée vampire à trois pattes péru... péru quelque chose.

– Je ne ferais pas ça si j'étais vous ! les met en garde Bulle.

Les jumeaux le dévisagent.

– Tout le monde sait que les araignées vampires à trois pattes du Pérou sont trois fois plus dangereuses que celles à sept pattes.

Les deux frères regardent l'araignée d'un autre œil.

– Vas-y, toi, dit Gégé en tendant à Jojo la moufle avec l'araignée.

– Moi ? se récrie Jojo en reculant. T'as qu'à le faire !

– Non, fais-le, toi !

– Toi !

– Je peux le faire, moi, intervient Bulle en saisissant la moufle.

Il soulève délicatement Perry et la replace sur sa tête. Puis il remet son bonnet orange par-dessus et rend sa moufle à Gégé.

– Mais ça attendra que je sois rentré à la maison, déclare Bulle. Ce genre d'opération sur des araignées doit être fait selon des règles très strictes, avec un chalumeau, sous anesthésie et en présence d'adultes. D'accord ?

– D'accord, dit Gégé sur un ton radouci.

– Bon d'accord, répète Jojo.

– Belle journée à tous les deux, lance Bulle.

Lise et lui peuvent enfin continuer leur route pour aller en classe.

– Tu m'as épaté tout à l'heure, admet Bulle une fois que les jumeaux ne peuvent plus les entendre.

– Ah bon ?

– Cette histoire d'oublier les tables de multiplication et les notes de l'hymne national, c'était pas bête du tout. T'es pire que moi, en fait.

– Personne n'est pire que toi, Bulle.

Elle fait un bruit d'aspiration goulue et ça les fait tellement rire qu'ils se cognent et manquent de glisser sur le verglas.

Puis ils continuent leur petit bonhomme de chemin, en riant et en faisant de drôles de bruits comme s'ils lapaient l'air.

Mais Lise devra attendre que Mme Strobe parle à la première heure de cours des fautes récurrentes de prononciation en norvégien pour comprendre soudain ce qui la gêne depuis un moment. Ce qui ne va pas avec ses parents – et il ne s'agit pas que d'eux ! Il y a aussi Jojo et Gégé.

Et Béatrice... Oui, quand elle y pense, ça touche presque tous ceux qui l'entourent. Et ça lui fait non seulement dresser les cheveux sur la tête, mais hérisser les poils presque invisibles des avant-bras.

CHAPITRE 6

Avaleur de cigognes, cabris dyslexiques et condors asthmatiques

– Est-ce que tu te rappelles, hier, quand le professeur Séraphin a parlé de *voleurs de chaussettes* et de *fautes de prononciation* ? demande Lise à la récré.

Bulle et elle sont dans la cour, assis sur un tas de neige, et regardent les autres qui parlent, tout excités, de Hallvard Tenoresen et des *Funny Voices.*

– Hier, mon père a dit « ch'est toi ? » au lieu de « c'est toi ». Et maman a dit « T'as qu'a te chervir », au lieu de « T'as qu'à te servir ». Si ça, c'est pas une faute de prononciation !

– C'est peut-être qu'ils avaient la bouche pleine. Ça peut arriver. Ou alors, ils étaient fatigués.

– Mais sérieusement, Bulle. Tu n'as pas remarqué que ces derniers jours, presque tout le monde prononce le son [ch] au lieu de [s] en début de mot ?

Bulle réfléchit.

– Maintenant que tu le dis... Ma mère m'a aussi dit « cha chuffit »... Et ma sœur a dit « churtout pour toi ».

– Et ce n'est pas tout, continue Lise. Tu sais ce qu'ils ont raconté au journal télévisé hier soir ?

– Que les femmes du monde entier ont élu Bulle l'homme de l'année ?

– Non. Que les gens perdent plus leurs chaussettes que d'habitude.

– Hé ! s'exclame Bulle. Les voleurs de chaussettes feraient-ils des leurs ?

– Je pense vraiment qu'il se passe quelque chose de sérieux, Bulle. Et je crois que le professeur Séraphin sait des choses dont il ne veut pas nous parler.

– Arrête, tu me fais peur, Lise.

– Je le sens, Bulle. Rappelle-toi, il manquait deux E sur le drapeau de la fanfare, il y avait des empreintes de chaussettes mouillées... Oh, mais qu'est-ce qu'on va faire ?

– Prévenir des adultes.

– Mais les adultes prononcent « chalon », « chandwiches » et « chilenche » ! À qui se fier ?

Bulle che gratte – pardon – *se* gratte le menton.

– Le professeur Séraphin, lui, continue à bien dire salon, sandwiches et silence.

– Mais il évite nos questions, soupire Lise. Non, je crois qu'il va falloir qu'on enquête par nous-mêmes. Cela a un lien avec la créature que tu as vue.

– Hum ! réfléchit Bulle. Dans ce cas, il faut commencer par faire des recherches. Et en ce qui concerne cette créature, le mieux c'est naturellement *L.A.Q.O.A.P.Q.I.N.P.*

– Ah ! souffle Lise en hochant la tête.

Ce sont les initiales du livre qu'elle n'a encore jamais vu : *LES ANIMAUX QU'ON AURAIT PRÉFÉRÉ QU'ILS N'EXISTENT PAS*. Bulle affirme que c'est son grand-père qui a écrit presque entièrement cet ouvrage de plus de six cents pages.

Après l'école, Bulle et Lise reviennent en courant à la rue du Canon.

– J'ai le livre dans ma chambre, explique Bulle.

Lorsqu'il se retourne, il voit que Lise est restée dehors sur le perron.

Son amie vient de se rendre compte qu'elle n'est encore jamais allée chez Bulle, même s'ils habitent en face.

– Allez, viens ! chuchote son ami.

Elle hésite, mais finit par entrer. Elle pense que Bulle chuchote parce qu'il n'a pas le droit d'avoir de la visite. Elle ne lui a jamais posé la question, mais c'est ce qu'elle a toujours senti. Il faut dire que dans le genre bizarre, sa mère et sa sœur semblent largement au-dessus de la moyenne.

Lise regarde autour d'elle et prend une profonde inspiration. Toutes les maisons ont une odeur, oui, sauf la sienne. Mais c'est pour tout le monde pareil, on y est tellement habitué qu'on ne sent plus rien. Chez Bulle, ça sent... tiens qu'est-ce que ça sent au juste ? Les cigarettes et le parfum, peut-être ? En tout cas, ça ne sent pas l'odeur de Bulle ; lui, il ne sent presque rien, juste un peu son odeur à lui.

Elle enlève ses bottes et se faufile derrière le garçon aux cheveux rouges. Elle jette un coup d'œil dans le salon, où il y a une télévision et un canapé avec, au-dessus, une grande photo de la mère et de la sœur. Puis elle court à la suite de Bulle dans l'escalier et se glisse dans sa chambre.

Les murs sont bleu ciel, avec des posters de tous les superhéros qu'elle connaît, plus ceux de quelques inconnus. Au plafond, une maquette de voilier est suspendue à un fil.

Bulle pose ses affaires sur le lit et commence à feuilleter un livre à la reliure usée qui est si grand qu'il fait presque sa taille.

Lise s'assoit à côté de lui.

– Voyons un peu, dit Bulle.

Il commence par la lettre A et trouve AVALEUR DE CIGOGNES, un animal au camouflage de mur de briques, dont la bouche ressemble à une cheminée pour attirer les cigognes.

Il tourne les pages et Lise voit défiler à toute allure des descriptions et des dessins d'animaux qu'elle aurait vraiment préféré qu'ils n'existent pas ! À dire vrai, elle n'est pas très sûre qu'ils existent tous. Si c'est réellement le grand-père de Bulle qui a rédigé l'ouvrage, il y a de fortes chances pour qu'il ressemble un peu à son petit-fils et qu'il ait fait de petits arrangements avec la vérité, rien que pour s'amuser.

– Non, je ne vois rien sur DÉFAUTS DE PRONONCIATION… Ni sur VOLEURS DE CHAUSSETTES. C'est un peu décevant, reconnaît-il. Mais d'un autre côté, si cette créature n'est pas un animal qu'on aurait préféré qu'il n'existe pas, il ne doit pas être aussi dangereux que ça.

Il s'apprête à refermer le livre.

– Attends, s'exclame Lise. Le professeur Séraphin a parlé d'autre chose. Il n'a pas dit le mot entier, mais ça commençait par CAMÉ…

Elle cherche dans sa mémoire :

– CAMÉLÉ ! Il a dit CAMÉLÉ.

Bulle tourne les pages.

– Il y a CABRI DYSLEXIQUE et, plus loin, je vois CONDOR ASTHMATIQUE, mais rien sur CAMÉLÉ…

– Regarde, s'écrie Lise en mettant le doigt sur un article entre « Cabri dyslexique » et « Condor asthmatique ».

Bulle déchiffre les deux mots : « C-a-m-é-l-é-o-n-l-u-n-a-i-r-e ».

Lise lit à haute voix tandis qu'elle sent ses poils se hérisser :

– *Kameleonus lunaris*. Habitat : La Lune (et espérons-le, pas ailleurs). Nourriture : Tout ce qui a de la chair sur le corps, humains compris, de préférence sous forme de gaufres. Boissons : Sang ou thé qui vient d'infuser. Apparence : Malheureusement aucune description, photo ou illustration disponible de cette effroyable créature. Car ceux qui ont vu un caméléon lunaire ne sont plus là pour raconter, cette rencontre leur ayant été fatale. Mais certains ont entendu des caméléons lunaires à l'approche, reconnaissable au bruit feutré et traînant de chaussettes sur un parquet et...

– Chut ! ordonne Bulle.

Ils tendent l'oreille. Quelque chose se rapproche devant la porte. Un bruit feutré et traînant de...

– Vite, sous le lit ! chuchote Bulle.

Lise s'exécute *illico* et à peine s'est-elle glissée sous le lit que la porte s'ouvre brutalement et qu'une voix rugit :

– J'ai faim !

Lise retient sa respiration. Puis elle entend la voix de Bulle :

– Je vais d'abord faire mes devoirs, puis je commencerai à préparer le repas.

– Tes devoirs ? Tu chais che qui arrive aux gens qui font trop de devoirs ? On leur donne encore plus de devoirs !

– J'arrive bientôt, maman. Tu n'as qu'à te recoucher.

– Et gare à toi chi aujourd'hui, il y a des taches sur les pommes de terre ! T'auras pas de fête d'anniversaire.

– J'ai jamais eu de fête d'anniversaire, maman.

– Peu importe.

La porte claque.

Lise attend jusqu'à ce qu'elle soit sûre que son monstre de mère ne reviendra pas. Puis elle sort de sa cachette. Bulle est allongé sur le lit, son petit nez retroussé plongé dans le fameux livre.

– Et maintenant ? glisse-t-elle.

– La situation paraît sérieuse, avoue Bulle sans lever les yeux.

Il a l'air plus grave que d'habitude, plus grave qu'un cimetière, non que *deux* cimetières !

– J'ai entendu sa phrase à propos de ton anniversaire.

– Oh ! il ne s'agit plus de ça, mais de savoir s'il y aura encore des anniversaires pour nous tous. Ou des Noëls, si tu préfères.

– Comment ça, plus de... Noëls ? s'étonne Lise, la voix tremblante.

Car Bulle peut dire beaucoup de bêtises, mais il ne se serait jamais permis de plaisanter avec le réveillon de Noël. Il y a quand même des limites.

– Qu'est... qu'est-ce que tu veux dire ?

– Que nous sommes confrontés à la fin du monde, conclut Bulle.

CHAPITRE 7

La fin du monde

Lise et Bulle foncent chez le professeur Séraphin et le trouvent dans son atelier, à la cave. Il donne des coups de marteau sur les semelles de ses chaussures d'équilibriste. Son visage s'éclaire à la vue des enfants.

– Venez ! leur lance-t-il en remontant ses lunettes de plongée sur le front.

Il passe devant eux pour se rendre à la buanderie et pose avec soin les chaussures sur un fil tendu à travers la pièce. D'abord la première, puis la seconde. Et c'est inouï : les chaussures restent en équilibre sur le fil !

– Fantastique ! s'écrie Bulle.

Il est si enthousiaste et excité que Lise doit se racler deux fois la gorge très fort pour qu'il revienne à lui et se rappelle le motif de leur visite. Soudain, son visage retrouve la gravité qui sied à la situation.

– Nous avons lu des choses sur le caméléon lunaire, annonce Lise.

Le professeur Séraphin les regarde, épouvanté :

– Des choses sur... sur... ?

– Et nous comprenons fort bien que vous ne vouliez pas nous en parler, poursuit Lise. Ce n'est pas pour les enfants.

– Mais où donc avez-vous trouvé ces informations sur le caméléon lunaire ?

– Dans *LES ANIMAUX QU'ON AURAIT PRÉFÉRÉ QU'ILS N'EXISTENT PAS*, répond Bulle. Page cent soixante-quinze.

Le professeur Séraphin se laisse tomber sur une chaise.

– Personne ne l'a vu, jusqu'ici, en vrai. La première fois que j'en ai entendu parler, j'étais étudiant à Paris. En 1968, lorsque la première fusée est allée sur la Lune et qu'elle est revenue sur Terre, la rumeur disait que la fusée avait ramené quelque chose. Ou plutôt quelqu'un. Quelqu'un d'invisible, ou, plus exactement, capable de se camoufler en n'importe quoi. D'où le nom de « caméléon lunaire ». On racontait que cette créature commettait des actes effroyables. Mais j'avais relégué tout ça bien au fond de ma mémoire jusqu'à ce que vous me parliez de cette silhouette étrange, de ces traces de chaussettes et des défauts de prononciation. Ce n'était qu'une histoire de fantômes et tout le monde sait que les fantômes, ça n'existe pas... N'est-ce pas, Bulle et Lise ?

Nos deux amis se taisent. Séraphin se tord les mains.

– Bon... Bon... Qu'est-ce qu'il y avait de marqué dans le livre ?

Bulle raconte et Lise l'aide quand il oublie un détail.

– En plus de se camoufler avec son environnement, il vole des choses, principalement des chaussettes, explique Bulle. Le caméléon entre chez les gens pendant qu'ils sont chez eux, assis devant leur télévision par exemple, il est capable de se transformer en n'importe quoi pour fouiner partout. Il va même jusqu'à piquer les chaussettes dans la machine à laver et il les enfile. C'est ce qu'on a vu au gymnase : des traces de chaussettes mouillées.

Le professeur se frotte le menton :

– J'ai aussi entendu cette histoire de chaussettes volées, mais je n'y crois pas vraiment.

Bulle soupire et montre du doigt les pieds de l'inventeur.

– Regardez vous-même ! Vous avez une chaussette rouge sur un pied et une bleue sur l'autre. Vous avez une autre explication ?

– Ah, les explications... C'est juste qu'il me manque une chaussette rouge.

– C'est bien ce que je disais. D'une manière inexpliquée, une de vos chaussettes rouges a disparu dans la machine à laver.

CHAUSSURE
D'ÉQUILIBRISTE
A
B

– Non, je l'ai brûlée quand j'ai voulu la sécher dans le grille-pain.

Lise éclate de rire.

– Quoi qu'il en soit, reprend Bulle, des chaussettes disparaissent sans arrêt dans le monde entier. Chaque jour ces mystères restent non élucidés, et les gens se regardent en se disant : « Mais ça alors, où elles sont passées ? » Mais comme il ne s'agit que de chaussettes, très vite, ils n'y pensent plus. Ils oublient. Des millions de chaussettes ! Des myriades de socquettes ! Des galaxies de mi-bas tricotés, crochetés, rayés, cousus !

– Mais qu'est-ce que font les caméléons lunaires avec des chaussettes et des mi-bas ? s'enquiert Séraphin.

– À votre avis ?

– Euh...

– Ils ont froid aux pieds, répond Bulle.

– Mais dans ce cas, pourquoi ne pas mettre des chaussures ?

Le garçon fait une grimace.

– Leurs orteils ne sont pas faits pour des chaussures. Les empreintes de pieds montrent que les caméléons lunaires ont les ongles les plus longs et les plus durs que l'on peut imaginer. Le genre à faire des trous dans les chaussettes en un temps record. C'est pourquoi ils sont obligés d'en voler autant. Mais le pire, c'est qu'ils sont insurpassables, ils n'ont aucune faiblesse. Si ce n'est qu'ils font des fautes d'orthographe énormes, comme celle d'oublier le E à la fin d'un mot.

– Comment ça ? s'écrie Séraphin.

Lise s'éclaircit la voix :

– Si l'on en croit *LES ANIMAUX QU'ON AURAIT PRÉFÉRÉ QU'ILS N'EXISTENT PAS*, les caméléons lunaires sont très mauvais en orthographe.

– Ils sont carrément nuls, assène Bulle.

– Par exemple, si vous voyez écrit POUDR au lieu de POUDRE, vous pouvez être sûr qu'un caméléon lunaire s'est camouflé dans l'étiquette. Ainsi, quand Lise a vu ce qu'elle a cru être le drapeau de la fanfare de l'école de musique et qu'il manquait un E à deux mots, ce n'est pas le drapeau de notre fanfare qu'elle a vu...

Bulle baisse la voix.

– Mais un caméléon lunaire qui se tenait juste devant !

– Oh, là, là ! s'exclame le professeur.

– Oh, là, là ! renchérit Lise.

– Et ces défauts de prononciation ? demande Séraphin.

– De l'hypnose, répond Lise.

– De l'hypnose ?

Le professeur regarde d'abord Lise, puis Bulle qui opine du bonnet et poursuit :

– C'est marqué dans le *L.A.Q.O.A.P.Q.I.N.P.* : « *Si un caméléon lunaire camouflé réussit à vous regarder droit dans les yeux plus de deux minutes, il peut vous hypnotiser et vous êtes alors à sa merci. On peut savoir si une personne a été hypnotisée, si elle a un défaut de prononciation qu'elle n'avait pas avant.* »

– Et la seule façon de se faire déshypnotiser, continue Lise, c'est d'utiliser un moyen plus fort que l'hypnose.

– À savoir ?

– Quelque chose de plus hypnotisant encore...

– Ou qui fait une peur bleue, ajoute Bulle en claquant des dents.

– Hum..., soupire le professeur Séraphin. Vous avez lu ce livre attentivement, à ce que je constate.

Les deux enfants acquiescent.

– Alors vous avez aussi compris que si cette créature y est décrite, ce n'est pas à cause de ses défauts de prononciation ni de ses fautes d'orthographe, ni de ses vols répétés de chaussettes...

Lise ferme les yeux et se concentre.

– Page cent soixante-seize, récite-t-elle : « *Tout le monde ignore où les caméléons lunaires se cachent sur Terre, mais on sait qu'ils craignent la lumière du jour. S'il vous arrive de rencontrer un caméléon lunaire en plein jour, cela signifie qu'il se trame quelque chose d'effroyable. Quelque chose de supereffroyable, de gigasupereffroyable, pour être plus précis. Ou pour dire les choses telles qu'elles sont : que la fin du monde est proche.* »

Dans la cave, le silence est tel qu'on entendrait, ça c'est sûr, tomber une aiguille dans une botte de paille sèche. Le professeur Séraphin hoche la tête, l'air sombre :

– La fin du monde. Oui, c'est ce que disait aussi la rumeur, à l'époque...

– Bon, dit Bulle. Et si on regardait le bon côté des choses ? Si on n'est pas confronté à la fin du monde, on ne peut pas non plus sauver le monde !

– Aïe, aïe, aïe ! s'écrie le savant qui, ayant jeté un coup d'œil par la lucarne, constate que la nuit est tombée. Cette conversation nous a fait si froid dans le dos, que nous ferions bien de monter dans la cuisine et de préparer un flanc au caramel. Il nous faut bien ça.

Pendant ce temps, devant le Château royal, une grande bâtisse jaune en plein centre d'Oslo, deux gardes tendent l'oreille et fixent désespérément la grande place vide devant eux.

– T'as entendu, Ralf ? demande l'un en se frisant la moustache.

– Quoi, Rolf ? demande son collègue en tirant sur sa moustache en accent circonflexe.

– J'ai eu l'impression que quelqu'un passait devant nous...

– Pourtant, je ne vois rien, dit le premier en scrutant l'obscurité.

Sur ce, il se tourne vers la façade où seule une fenêtre est allumée.

– Ce ne peut pas être le roi, il est en train de faire ses mots croisés.

– Regarde ! dit l'autre garde à la moustache torsadée.

L'homme fait volte-face et son collègue lui montre du doigt quelque chose dans la neige devant eux. Il enlève la casquette noire de son uniforme, avec ce gland idiot sur le côté, et se penche pour mieux voir.

– On dirait des traces de chien, déclare-t-il.

– Un chien qui n'aurait pas coupé ses griffes depuis un sacré bout de temps, rectifie l'autre.

– Et qui marche sur deux pattes..., ajoute le premier.

– Ah, là, là ! conclut le garde à la moustache torsadée. Les chiens ne savent plus quoi inventer de nos jours.

Il bâille.

– Excusez-moi.

Les deux gardes lèvent les yeux et découvrent un homme grand, blond, avec une frange, vêtu de ce qui ressemble à un uniforme d'amiral. Derrière lui, il y a un grand camion avec marqué « DÉMÉNAGEMENTS MAJORSTUA » sur les côtés.

– Oui ?

– J'ai remporté le plus de suffrages.

– Ah bon ?

– Je suis le nouveau président. Pourriez-vous avoir l'amabilité de dire au roi de faire ses valises ? Ensuite, vous m'aiderez à installer mes affaires.

CHAPITRE 8

Hypnose

Il est tard à présent, mais dans la cuisine du professeur Séraphin, il reste encore la moitié du flanc au caramel. Le cœur n'y est pas. L'appétit non plus. Comment lui et ses amis pourraient-ils profiter d'un bon dessert quand ils ne cessent de se demander comment empêcher la fin du monde.

Autour de la table règne le silence. Le professeur Séraphin, Lise et Bulle se sont frottés tour à tour le menton en marmonnant des « euh », des « hum », et plein d'autres sons impossibles à écrire – bref tout ce qu'on peut faire comme bruits sans ouvrir la bouche.

Enfin, Séraphin déclare « justement » et « exactement » deux fois de suite, comme s'il venait de tomber d'accord avec lui-même. Puis il se lève de sa chaise et dit :

– La première chose à faire, c'est de trouver par quel moyen les gens sont hypnotisés. C'est la seule façon d'éviter que nous ne le soyons à notre tour.

– Mais comment ? demande Lise.

– Nous allons procéder de manière scientifique, expose le professeur. Il faut d'abord recenser un certain nombre de personnes ayant été hypnotisées pour établir ce qu'elles ont en commun. Puis procéder de la même manière avec des gens qui n'ont pas été hypnotisés pour tenter de savoir ce qu'eux ont en commun. Ainsi, on verra clairement apparaître ce qui les différencie, et qui est donc à l'origine du phénomène d'hypnotisation. Vous me suivez ?

– Bien sûr, affirme Bulle.

Lise se répète intérieurement plusieurs fois l'explication du professeur.

– Euh, je crois que j'ai compris... Mais pour être bien sûre, est-ce que tu peux m'expliquer avec tes mots à toi, Bulle ?

– C'est-à-dire que... c'est tellement évident que... peut-être vous pourriez le faire à ma place, Séraphin ?

– Très bien. Disons que tous ceux qui prononcent « chavon » à la place de « savon » ont bu du lait la semaine dernière. Et disons que tous ceux qui disent correctement « savon » n'ont PAS bu de lait...

– Ça voudrait donc dire que c'est quelque chose dans le lait qui les a hypnotisés, l'interrompt Lise.

– Exactement, dit le professeur. C'est ça, une démarche scientifique.

– Scientifique à cent pour cent ! s'enflamme Bulle en poussant son assiette pleine de flan au caramel vers Perry, mais l'araignée ne semble pas le moins du monde intéressée.

– Si nous partons du principe que la plupart des gens hypnotisés ont un défaut de prononciation, nous pouvons facilement établir la liste de ceux qui ne sont pas atteints par ce symptôme, reprend le professeur.

– Comme nous trois, fait remarquer Lise. Et Mme Strobe.

– Et Galvanius, ajoute Bulle.

– C'est suffisant, dit le professeur. Qu'avons-nous donc en commun, en dehors du fait que nous ne sommes pas touchés par ce défaut de prononciation ?

Ils réfléchissent longtemps.

– Nous ne fumons pas, nous ne buvons pas, nous ne mentons pas, hasarde Bulle.

Les deux autres le regardent, étonnés.

– Nous ne fumons ni ne buvons, se corrige Bulle.

– Il arrive tout de même que je fume un cigare, dit Séraphin. Et que je boive un ou deux verres de vin rouge.

– Le flanc au caramel ! s'écrie Bulle. Je suis sûre que Mme Strobe aime aussi le flanc au caramel.

– Mais nous ne connaissons pas les goûts culinaires de Galvanius. C'est ça, le problème. On ne sait rien de lui, juste qu'il est très bizarre.

– Attendez un peu, se récrie Bulle. Professeur, quand on vous a raconté que Galvanius sommeillait pendant les cours, vous avez dit que c'était une « drôle de créature ». Ça signifie que vous le connaissez ?

– Nous avons étudié ensemble à Paris, moi la chimie, et lui, la biologie. Mais si on parlait d'autre chose ?

– Non, insiste Bulle. Qu'est-ce qui s'est passé avec M. Hoquet ?

– Eh bien, un jour il a fait la bêtise de prendre ce qu'il y avait sur ma tablette dans le réfrigérateur qu'on partageait. Dois-je vraiment poursuivre ?

– Oh oui ! s'écrient en chœur Bulle et Lise.

Séraphin soupire et continue son récit :

– Gregor a bu ce qu'il a cru être du jus d'orange. En réalité, c'était une boisson énergétique que j'étais en train de mettre au point.

– Une boisson énergétique ! s'exclame Bulle. Génial ! Qu'est-ce que vous aviez mis dedans ?

– Rien de spécial. Un mélange de différents fluides corporels, répond l'inventeur en comptant sur ses doigts. Voyons un peu... : de l'houmous de tigre, de lemming norvégien type A et... ah oui ! du crapaud rhinocéros en voie d'extinction. J'avais rajouté des astéroïdes anabolisants et pour finir un soupçon de piment mexicain ultrafort, macéré dans l'alcool.

– C'était pour devenir hyperfort ?

– Non, c'était pour le goût. Par malchance, les services de la santé en France m'ont interdit de commercialiser cette boisson.

– Pourquoi donc ? s'insurge Bulle. Elle avait l'air super !

– Trop de E18 dans le colorant, soupire le professeur.

– M. Hoquet en a donc bu ? veut savoir Lise.

– Malheureusement oui, répond Séraphin, et le résultat a été... (il cherche le mot juste) pour le moins intéressant. Je crains que ce ne soit la raison pour laquelle il est devenu professeur d'arts plastiques et de travaux manuels plutôt que professeur de biologie. Mais assez parlé de Gregor, nous devons trouver comment se produit l'hypnotisation !

Ils continuent de réfléchir, mais ne trouvent rien.

– J'abandonne, déclare Bulle le premier.

– Hum ! bougonne le professeur Séraphin. Pensons à ce que tout le monde fait mais que nous, nous ne faisons pas.

Ils recommencent à réfléchir. Fort. Encore plus fort. Mais en vain.

– Assez pensé pour aujourd'hui, conclut Séraphin en étouffant un bâillement. Laissons cela de côté et reprenons cette réflexion demain à tête reposée. À demain, les enfants !

Une fois dans la rue du Canon, Lise et Bulle vont se souhaiter bonne nuit quand Lise se rappelle soudain quelque chose :

– Attends ! Mes parents et ta mère sont hypnotisés. Jojo et Gégé aussi, n'est-ce pas ?

– Euh, oui...

– M. Hoquet ! C'est ça qu'ils ont en commun !

– Qu'est-ce que tu veux dire ?

– Écoute ! chuchote Lise en regardant autour d'elle comme si elle avait peur que quelqu'un les épie dans l'obscurité. Ils ont tous été à une réunion parents-profs, avec Gregor Galvanius, et les jumeaux l'ont comme prof !

– Tu as raison, bon sang ! dit Bulle. Il faut trouver ce qui s'est passé. Nous allons être obligés de faire subir un interrogatoire à nos parents.

– Un interrogatoire ? répète Lise. Comment ça ?

– Il faut les interroger au troisième degré. C'est-à-dire les mettre sur le gril. Moi je ferai la même chose de mon côté et demain, on reparle de tout ça ensemble. Yaouh !

Sur ces mots, Bulle court vers la porte de la petite maison jaune où, par la fenêtre du salon, Lise aperçoit le reflet bleuté de la télévision. Elle tourne ensuite les yeux vers sa propre maison. Interroger ses parents... ?

Elle grimpe le perron, passe le seuil de la porte et fait son entrée dans le salon, où son père et sa mère ont les yeux rivés sur le petit écran.

– J'aimerais bien vous poser quelques questions, tente timidement la fillette.

Mais ni l'un ni l'autre ne lui répond. Ils ne tournent même pas la tête, trop occupés par ce qu'ils regardent à la télévision. Sur l'écran apparaît un visage que Lise reconnaît aussitôt.

– Vous êtes hypnotisés, déclare-t-elle à haute voix.

– Chut ! dit le papa commandant.

– Chut ! renchérit la maman commandant.

– Est-ce que c'est M. Hoq... je veux dire M. Galvanius qui vous a hypnotisés ?

– Tais-toi, Lise, lui demande sa mère. Tu ne vois pas que ch'est notre président qui ch'adresse à la nation ?

Lise tourne les yeux vers l'écran.

– Primo, nous n'avons pas de président en Norvège, nous avons un roi et un Premier ministre. Et secundo, ce n'est pas un président, c'est seulement Hallvard Tenoresen.

Ses parents se retournent soudain, le visage blême et grave, et s'écrient de concert :

– *Cheulement* ?

– Oui, répète Lise. Ce n'est que le... chiropracteur chantant de Jonköping en Suède.

– Lise, commence sa mère avec ce ton de voix qui indique qu'elle va se faire remonter les bretelles, combien de fois t'ai-je demandé de chuivre un peu les informations ? Le président Hallvard Tenoresen a été élu président de la Norvège et de toutes ches colònies, il y a... (sa mère regarde sa montre) quatre heures exactement. Tu étais où ? Chur la Lune ?

– D'une certaine façon, marmonne Lise. Comment est-ce arrivé ?

– Ils ont demandé aux téléspectateurs de voter par téléphone, explique son père. Tenoresen a gagné et a déjà emménagé au Château. Le Premier ministre et le roi ont perdu les élections, ils doivent rentrer chez eux. Maintenant, ch'est le président Tenoresen qui décide.

– Cet espèce de kiné-je-ne-sais-quoi ? s'écrie Lise qui n'en croit pas ses oreilles.

– Alléluia, dit sa mère.

– Mais le roi ? Il habite au Château, c'est là, sa maison.

– Il est parti en exil à l'étranger, répond son père.

– Où ça ?

– En R.Ech.T.

– Rrr-Ess-Té ? demande Lise en essayant de se rappeler ses cours de géographie.

– En République du Chud-Trøndelag.

– Le Sud-Trøndelag, ce n'est pas à l'étranger !

– Chi, insiste son père. Chut, maintenant !

– Mais je voudrais savoir si Gregor Galvanius vous a hypnotisés !

Ses parents ne daignent pas répondre, ils boivent les paroles du discours de Tenoresen :

« La Norvège est un petit pays, explique très sérieusement Tenoresen, qui ne parle que suédois. En même temps – comme l'a dit le poète – c'est le pays des géants. Et cela explique sans doute pourquoi nous nous sentons un peu à l'étroit ici. Mais je vous promets – avec votre aide – de rendre le pays plus grand, plus fort ! L'Union norvégienne va bientôt devenir aussi puissante que les autres Unions qui existent déjà. »

– L'Union norvégienne ? s'étonne Lise. Il a déjà changé le nom de notre pays ?

– Chut ! lui ordonnent ses parents d'une seule voix.

Tenoresen hausse la voix :

« L'Union norvégienne s'étendra bientôt du désert au sud au pôle Nord. Sinon davantage ! »

Des cris de joie et des applaudissements s'ensuivent aussitôt, mais Lise trouve que c'est bizarre parce qu'il n'y a pas de public... Tenoresen est seul devant une petite table qui ressemble à s'y méprendre à celle qu'utilisent les présentatrices.

« Je n'ai pas l'intention de gouverner selon mon bon vouloir, malgré les apparences. Nous vivons malgré tout dans une dictature... pardon, je voulais dire dans une démocratie ! Tous les citoyens ont le droit de donner leur avis. Je me permettrai seulement de donner des *recommandations présidentielles*, qu'il ne faudra pas confondre avec des ordres. Et ma première recommandation officielle est que vous m'obéissiez tous. Quant à ceux qui ne sont pas d'accord avec moi, qu'ils se fassent connaître ! »

Tenoresen sourit à la caméra.

« Oui, j'invite tous les dissidents à se manifester. Ceux qui trouvent que le président ne doit pas tout décider n'ont qu'à appeler le numéro qui va s'afficher sur l'écran maintenant. Téléphonez, donnez votre nom et votre adresse et ainsi je pourrai... pourrai... »

Le visage de Tenoresen prend une tout autre expression. Son sourire enjôleur a disparu. Sa frange blonde a glissé sur son front et ses yeux brillent comme s'il avait des phares de voiture quelque part dans la tête. Et puis son visage se détend, son sourire revient, ce fameux sourire figé du président...

« ... en discuter avec vous. »

Applaudissements du public invisible.

– Il m'a l'air assez inquiétant, souffle Lise.

– Mais non, réplique le papa commandant.

– Bêtises, enchaîne la maman commandant.

« Et tandis que vous réfléchissez, reprend le président autoproclamé, nous allons chanter encore une fois. Car le chant rassemble les gens et résout tous les problèmes, pensez-y. Reprenons en chœur *Entre rivières et montagnes...* »

– Bon, je vais me coucher, dit Lise. On a une journée de ski demain, avec l'école.

Sa maman se retourne et la regarde, surprise :

– Comment, tu ne veux pas chanter avec nous ?

La fillette secoue la tête :

– J'aime la fanfare, moi...

Une fois dans son lit, Lise regarde le théâtre d'ombres que Bulle fait pour elle de la fenêtre de sa chambre, de l'autre côté de la rue, tandis que montent du salon les accents d'*Entre rivières et montagnes.* Et quand elle ferme les yeux, elle entend ce chant résonner dans toutes les maisons de la rue du Canon. Elle imagine la lumière de l'écran qui caresse tous ces visages scotchés devant la télévision, en totale admiration devant la direction de leur nouveau président. Pas seulement rue du Canon, ni à Oslo. Mais dans l'Union norvégienne, et toutes ses colonies.

CHAPITRE 9

Record de saut à ski et marche arrière

– Ma mère et ma sœur ont failli se décrocher la mâchoire tellement elles ont ri quand je leur ai demandé si elles avaient l'impression d'être hypnotisées, raconte Bulle à Lise, en arrivant en haut de la montée.

Les deux amis font la queue avec les autres et attendent leur tour pour descendre. Chacun s'est vu attribuer un numéro de départ. Lise a le numéro douze et Bulle a demandé le treize.

– Maman et papa n'ont même pas daigné me répondre, confie Lise dépitée. Ils n'ont pas voulu décoller leurs yeux de l'écran.

– Numéro huit ! crie Mme Strobe au pied du tremplin qu'elle et Gregor Galvanius ont construit sur la colline.

Le numéro huit, c'est Gégé. Il regarde en bas.

– Vas-y toi, dit-il à Jojo qui a le neuf. J'ai pas envie aujourd'hui.

– Moi non plus, bâille Jojo.

Alors ils poussent le numéro dix, Ulrik. Le pauvre garçon tient encore un sandwich à la main et il a la bouche pleine, mais il a si peur que ses skis restent collés au sol. Quand il comprend enfin qu'il doit réagir, il jette son

casse-croûte et fait un pas de côté. Trop tard. Il descend à toute allure du tremplin, dans une position couchée sur le côté, et atterrit dans la zone cible sous des cris de joie et des rires. Galvanius l'aide à se remettre debout, empêtré dans ses skis et ses bâtons.

– Quatre mètres ! crie Galvanius. Note pour le style en vol : zéro pointé ! Pour l'instant, Ulrik est à la huitième et dernière place.

Les rires redoublent.

– Numéro... voyons un peu... onze ! crie Mme Strobe.

Béatrice se prépare.

– Il faut qu'on arrive à démasquer Galvanius tout seuls, décide Bulle. Nous devons l'espionner et trouver les preuves.

– Mais comment ?

– On va le suivre quand il rentrera chez lui aujourd'hui. Trouver où il habite. Surveiller ses activités. Bref, faire de l'espionnage de base. À la portée du premier venu.

Béatrice s'élance et ils la suivent des yeux. Elle prend de l'élan, plane avec élégance dans l'air et retombe gracieusement sur la neige.

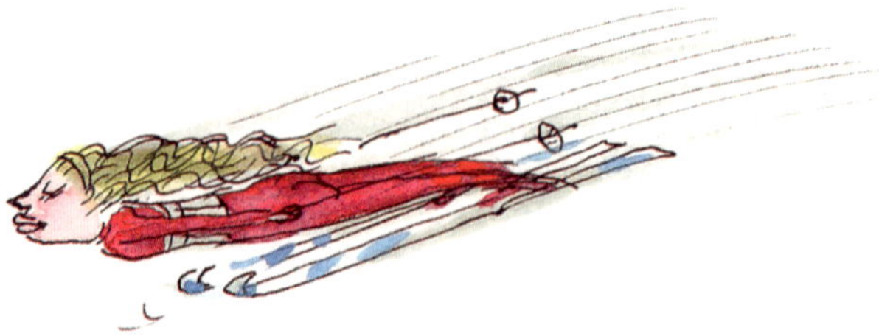

– Dix mètres ! s'exclame Galvanius. Note de style en vol : dix-neuf, atterrissage dix-neuf et demi ! Béatrice prend la tête du concours !

Applaudissements nourris.

– Numéro douze ! annonce Mme Strobe.

– C'est à toi, dit Bulle. Tiens, prends un peu de ça.

Il lui tend un petit sachet avec une étiquette « *Poudre spécial proutonautes du professeur Séraphin* ».

– De la poudre à prout ! chuchote-t-elle. Bulle, mais tu es fou !

Elle remet vite le sachet dans la doudoune de Bulle avant que les autres ne l'aient vu.

Le petit garçon hausse les épaules.

– Tant pis pour toi, il y en aura plus pour moi.

– Mais c'est de la triche, Bulle !

– De la triche ? répète-t-il, l'air pensif. Et comment t'appelles ça, quand Béatrice arrive avec des skis que son père a fait ajuster et farter chez un farteur professionnel ? Alors que moi, t'as vu avec quoi je vais sauter ?

Il montre de la tête ses moignons de ski en plastique bleu et les vieux bâtons de son grand-père qu'il a été obligé de scier pour qu'ils soient à la bonne taille. Lise doit avouer qu'avec cet équipement, après l'épreuve de ski de fond, il est sûr d'être bon dernier au classement de combiné nordique, loin derrière l'inaccessible Béatrice.

– C'est pour aujourd'hui ou pour demain, numéro douze ? crie Mme Strobe.

Lise prend son élan, saute, plane avec ses skis qui bougent un peu, mais se pose en douceur et s'arrête en décrivant une jolie courbe.

– Huit mètres et demi ! annonce Galvanius tout content. Dix-huit et demi et dix-neuf. Troisième place provisoire !

– Numéro treize !

Lise se retourne vers le sommet de la rampe où elle voit la silhouette d'un lutin qui descend à vive allure. En bas, tout le monde retient son souffle, comme s'il allait se passer quelque chose d'anormal. Il faut dire qu'avec Bulle, on n'est jamais au bout de ses surprises. Soudain Lise comprend ce qu'a fait son ami quand elle l'entend compter :

« Quatre, trois, deux, un... »

C'est le temps qu'il faut pour qu'un sachet de poudre à prout du professeur Séraphin agisse et vous fasse péter aussi fort qu'un troupeau de trois cent mille gnous et dix-huit buffles réunis.

– Zéro !

Bulle arrive au bord du tremplin. Lise se bouche les oreilles.

L'explosion fait alors un bruit si assourdissant qu'elle est suivie d'une brève mais violente tempête de neige. Tous les spectateurs se frottent les yeux pour ôter la neige et clignent des paupières en regardant autour d'eux, le terrain de ski, la plaine et la forêt de sapins qui se dresse tout autour. Mais le petit garçon aux cheveux rouges et le tremplin construit par Mme Strobe et Galvanius ont tout bonnement disparu. Volatilisés. Engloutis dans la neige.

– Bulle ! hurle Mme Strobe en se retournant lentement comme une énorme toupie.

– Bulle ! renchérit Gregor Galvanius.

– Où êtes-vous ? crie Mme Strobe.

Elle est si désespérée que ses lunettes ont glissé tout au bout de son nez.

– Ici ! crie une petite voix au fond de la forêt de sapins.

Tous se retournent et découvrent la tête du minuscule garçon aux cheveux rouges qui surgit entre deux arbres enneigés. Son large sourire semble diviser son visage en deux.

– Que... qu'est-ce que vous faites dans la forêt ? demande Mme Strobe stupéfaite, mais vraiment soulagée.

– Je me suis posé, répond Bulle.

Il soulève son bonnet orange, vérifie que Perry est toujours là, brosse la neige qui est tombée sur son bonnet et le remet avec précaution.

– Je suis un peu parti en biais, mais je suis arrivé droit comme un i !

Tous dévisagent Bulle qui se fraie un chemin jusqu'à Béatrice.

– Et voilà, un petit lot de consolation pour la deuxième place. Je l'ai prise pour toi en passant au sommet du plus haut sapin là-bas.

Béatrice examine bouche bée la pomme de pin qu'il lui tend.

Le reste du concours de saut à skis est annulé, puisqu'il n'y a plus de tremplin et que le soleil disparaît derrière la forêt de sapins. Gregor Galvanius reste pour ranger, tandis que les enfants suivent Mme Strobe sur la piste de ski de fond, tels des canetons derrière leur mère cane. Bulle se débrouille pour que Lise et lui soient tout derrière.

– Il faut leur fausser compagnie, chuchote-t-il.

– Pourquoi ? demande Lise.

– Si nous espionnons Galvanius aujourd'hui, il faut commencer tout de suite, sinon il risque de nous filer entre les doigts.

Lise acquiesce. Ils ralentissent et quand les autres disparaissent dans un virage derrière un bosquet, Lise et Bulle font demi-tour le plus vite possible.

En s'approchant de la clairière, ils entendent quelqu'un marmonner.

– C'est Galvanius, chuchote Lise.

Ils se cachent derrière les sapins et jettent un coup d'œil. M. Hoquet est assis penché au-dessus d'une luge, à côté de la radio qui a servi à leur passer de la musique, d'une pile de dossards repliés et des bannières DÉPART et ARRIVÉE. Il se tient la tête entre les mains et on l'entend répéter sans arrêt les trois mêmes mots.

– Qu'est-ce qu'il dit ? demande Bulle.

– Chut ! murmure Lise. Je n'entends rien.

– À cause de ton « chut », je n'ai rien entendu non plus.

– Chut !

– Double chut !

– Triple chut !

– Tous les chut que tu veux, plus un !

Lise abandonne. Et écoute.

– Tu entends ? chuchote Bulle.

– Oui. Il dit... *je... suis... invisible.*

– Voilà, nous la tenons notre preuve ! C'est un caméléon lunaire !

Au même instant, Galvanius lève la tête, et Lise et Bulle se cachent vite derrière le tronc.

– Est-ce qu'il nous a entendus ? murmure Bulle.

– Chut ! dit Lise.

– Double chut !

– De la musique ? s'étonne Lise.

Bulle tend l'oreille.

Ce sont les Beetels.

De la musique sort de la radio.

Help, I need somebody
Help, not just anybody[1]...

Ils sortent la tête derrière le tronc.

– Où est Galvanius ? demande Lise.

Ils ne voient rien.

– T'as senti ?

– Quoi ?

– Ce léger tremblement, répond Bulle. Comme si quelque chose de lourd venait d'atterrir sur le sol.

– Baisse-toi ! dit Lise.

C'est Galvanius. Arrivé de l'endroit où était le tremplin, que Bulle a pulvérisé avec son prout phénoménal, il prend la corde de la luge et la radio, emmène le matériel puis disparaît dans la forêt en direction du parking.

– Viens ! s'écrie Lise en se lançant à sa poursuite.

– Attends ! dit son ami. Il faut d'abord que je vérifie quelque chose.

1. Au secours, j'ai besoin de quelqu'un.
Mais pas n'importe qui...

Il revient essoufflé, les yeux écarquillés.

– Galvanius a sauté !

– Qu'est-ce que tu veux dire ?

– Il a sauté super loin ! Le tremblement qu'on a ressenti, c'est quand il est retombé sur le sol.

– Mais il n'y a même plus de tremplin !

– Toujours est-il qu'il a sauté plus de cinquante mètres ! J'ai vu la trace de ses skis disparaître et réapparaître seulement à l'autre bout du terrain. Cinquante mètres sans tremplin, c'est humainement impossible !

Il baisse la voix.

– À partir de maintenant, il va falloir jouer serré. Nous n'avons pas affaire à un être humain mais à une créature inquiétante, très inquiétante...

Les deux enfants se dépêchent, mais ne parviennent pas à rattraper Galvanius avant que celui-ci arrive au parking. Dissimulés entre deux voitures, ils l'observent charger la luge et les dossards dans une vieille camionnette verte. Il s'installe au volant et tourne la clé de contact. Le moteur toussote et laisse échapper un nuage noir de gaz d'échappement.

– Qu'est-ce qu'on fait ? dit Lise. On va perdre sa trace.

– Pas quand on s'appelle Bulle, dit le petit garçon.

Sans perdre de temps, il tend ses bâtons à Lise, chausse ses courts skis en plastique, s'accroupit, fonce et agrippe le pare-choc.

D'affreux raclements du moteur font comprendre à Lise que Galvanius essaie d'enclencher la marche arrière.

– Attention ! crie Lise. Il va recul... !

Trop tard : la voiture verte recule et roule sur Bulle qui disparaît.

– Oh non ! gémit Lise.

Mais quand la voiture braque et repart en marche avant, Bulle réapparaît, toujours accroché au pare-choc. L'auto traverse le parking, prend la grande route, avec Bulle à l'arrière, et lorsqu'elle s'approche du bus loué pour cette journée de ski, Mme Strobe surgit en agitant les bras pour la faire stopper.

Galvanius baisse sa vitre et Lise entend la voix de Mme Strobe :

– Lise et Bulle ont disparu ! Il faut les chercher !

Galvanius descend de voiture et la fillette comprend qu'ils vont être démasqués. Elle est alors obligée de faire quelque chose qu'elle déteste par-dessus tout : mentir. Mais elle n'a pas le choix, pour éviter la fin du monde, elle est prête à tout !

– Ohé ! crie Lise en surgissant parmi les voitures garées et en brandissant ses bâtons de ski, et ceux, tout courts, de Bulle.

– Lise ! s'exclame Mme Strobe. Où étiez-vous ?

– Nous avons pris un raccourci, explique Lise en s'approchant. Bulle s'est impatienté et il a pris... euh ! un taxi.

– Un taxi ?

– Oui, il devait être à l'heure pour un rendez-vous important.

– Quel genre de rendez-vous ? demande Mme Strobe en détachant chaque syllabe.

– Un rendez-vous avec... un chœur, répond Lise qui entend à sa voix mal assurée qu'elle manque d'entraînement dans l'art du mensonge.

– Un chœur ? s'étonne Mme Strobe dont les sourcils forment un V qui n'augure rien de bon.

– Oui, un chœur d'Amérique, dit Lise en avalant sa salive, qu'il va diriger.

Sans perdre du coin de l'œil Bulle recroquevillé derrière la voiture, elle aperçoit Béatrice et ses amies. Elles sont déjà montées dans le bus et, incrédules, collent leur visage à la vitre.

– J'en parlerai à la mère de Bulle demain, conclut Mme Strobe. Montez, on s'en va.

– Oui, acquiesce Lise en la suivant à l'intérieur du bus.

Elle trouve une place libre et regarde par la fenêtre. Galvanius remonte dans sa voiture et fait rugir le moteur.

– Eh, Lise !

La fillette lève les yeux.

C'est Béatrice.

– Ça t'embête si je m'assois à côté de toi ?

Lise hausse les épaules et tourne de nouveau son visage vers la vitre.

– À propos, dit Béatrice, puisque tu connais Bulle et qu'il va diriger ce chœur d'Amérique...

– Mmm ?

– Tu crois qu'on pourrait... je veux dire... participer ?

– Pourquoi ça ?

– Eh bien... Ce serait pas mal de devenir des stars en Amérique.

– Je comprends, dit Lise, tandis que la voiture de Galvanius s'éloigne.

Elle a cru voir une mèche rouge flotter au milieu d'un nuage noir de gaz d'échappement.

CHAPITRE 10

Espionnage de base

Lise s'est couchée, mais ne trouve pas le sommeil. Il n'y a pas de lumière dans la chambre à coucher de Bulle. Que lui est-il arrivé ? Ne devrait-elle pas informer ses parents de son absence ? Mais à quoi bon puisqu'ils sont hypnotisés ? Elle décide de se faufiler dehors et d'aller demander conseil au professeur Séraphin, quand elle entend un coup si violent à sa fenêtre qu'elle fait un bond de sept centimètres sur son matelas.

Elle observe la vitre qui continue de vibrer après le choc. Les restes d'une boule de neige glissent sur le verre. Jojo et Gégé ? Non, ils sont trop lâches pour s'attaquer à la maison du commandant. Elle se met debout sur son lit et scrute l'obscurité. Et là, dans la lumière d'un réverbère, elle aperçoit un petit bonhomme haut comme trois pommes, noir de suie, qui la regarde. Son cœur, cette fois, fait un bond de joie de plus de sept centimètres ! C'est Bulle ! Elle allume la lampe pour qu'il puisse la voir d'en bas.

Son ami lui fait signe de descendre. Lise se met vite quelque chose sur le dos et descend l'escalier à pas de loup. En passant devant le salon, elle reconnaît la même voix à la télévision qui annonce :

« La Norvège est trop petite, chers concitoyens. En tant que président de l'Union norvégienne, j'ai appelé le roi du Danemark pour lui demander s'il acceptait que nous nous emparions de son pays. Malheureusement, il a refusé. Il a même poussé la méchanceté jusqu'à dire que, nous autres singes des montagnes, n'avions qu'à rester là-haut dans nos arbres. Si tant est qu'il y ait encore des arbres qui poussent sous ces latitudes ! »

Lise enfile ses bottines et sa doudoune.

« La première question que nous devons nous poser, gronde la voix de Hallvard Tenoresen en provenance du salon, c'est si nous autres Norvégiens, et fiers de l'être, pouvons laisser impunie une telle offense. La deuxième question serait de nous demander si le roi du Danemark n'a pas l'intention, au fond, puisqu'il nous prend pour des singes, d'envahir la Norvège et d'y installer ses buveurs de bière et ses mangeurs de saucisses qui parlent toujours comme s'ils avaient une pomme de terre chaude dans la bouche ? Et la troisième question est : cela est-il acceptable ? Ma recommandation présidentielle est donc que nous devons attaquer le Danemark avant qu'il ne le fasse ! Nous devons prendre les Danois de vitesse ! Téléphonez et votez ! Quant à ceux qui sont contre, n'oubliez pas de laisser vos noms et adresses. Eh bien, chantons maintenant l'hymne national *Oui, nous aimons ce pays*. Vous êtes prêts ? Un, deux, trois... »

Lise emporte les bâtons de ski de Bulle et sort en catimini.

– J'ai trouvé où il habite, annonce Bulle dès qu'elle referme le portail derrière elle.

– Je suis drôlement contente de te revoir ! chuchote-t-elle. Si tu n'avais pas le visage aussi sale, je t'aurais même embrassé sur la joue.

– Sale ?

– Tu es tout noir, déclare Lise en passant un doigt sur son visage, faisant apparaître une bande de peau blanche avec des taches de rousseur.

Elle lui montre le bout de son doigt tout noir.

– Ah ! c'est à cause des gaz d'échappement, dit Bulle. Galvanius devrait nettoyer ses bougies encrassées. Mais laisse-moi te raconter : Il a roulé jusqu'à Høyenhall, puis s'est garé dans la rue. Je l'ai suivi sans me faire repérer et je l'ai vu entrer dans une petite maison en brique. Alors je me suis faufilé dans le jardin, j'ai grimpé dans un arbre devant la fenêtre de son salon et je l'ai espionné. Je n'ai fait que ça.

– Qu'est-ce que tu as vu ? demande Lise en sentant poindre le délicieux frémissement qui signale que l'aventure commence à prendre forme.

– Il a dormi, répond Bulle en récupérant ses bâtons.

– Quoi ?

– Il a dormi. Il a rempli une baignoire, il s'est déshabillé, il s'est couché dedans et s'est endormi. Puis il a dormi. Il n'a fait que ça.

– Dormir, dans la baignoire ? Jusqu'à maintenant ?

– Je n'aurais jamais cru qu'on pouvait passer autant de temps à prendre un bain et à dormir, conclut Bulle. Je crois que ça a été l'espionnage le plus ennuyeux de tous les temps. Le plus froid aussi.

– Je comprends, dit Lise un peu déçue malgré tout de ne pas avoir participé à l'aventure. Et maintenant ?

– J'ai passé le relais. C'est Perry qui est de garde, et après ce sera ton tour.

– Tu veux que j'aille espionner un homme qui dort dans sa baignoire ?

– Viens, insiste Bulle. Ce n'est pas loin d'ici. T'as qu'à monter derrière moi sur mes skis.

Lise se dit qu'il suffit qu'elle y mette un peu du sien pour que l'aventure commence pour de bon. Alors elle place ses bottines derrière les pieds de Bulle, se tient à ses épaules en déclarant :

– Je suis prête !

Bulle ne se le fait pas dire deux fois, il part comme une flèche, en faisant crisser la neige.

Ils arrivent dans une rue calme bordée de pavillons. La lune éclaire la petite maison en brique devant laquelle

Bulle s'est arrêté. Il n'y a personne ni aucune voiture qui passe à cette heure-là.

– C'est ici ? demande Lise.

– Oui, répond Bulle en s'avançant prudemment vers le portail.

– Viens te mettre au chaud, camarade, lance Bulle en posant la main sur un des piliers.

À la clarté de la lune, Lise aperçoit Perry courir le long du bras de Bulle avant de se glisser sous son bonnet.

Soudain Bulle s'arrête net.

– Il est ressorti, annonce-t-il.

– Comment tu le sais ?

– Perry a tissé ça avant que je parte, explique le petit garçon en montrant un fil de soie arraché qui pend.

– Il est parti, d'accord, conclut Lise, mais il est allé où ?

Comme pour répondre à leur question, ils entendent au même moment un moteur qui essaie de démarrer, après avoir toussoté plusieurs fois.

– Vite ! s'écrie Bulle. Sur les skis !

Arrivés au bas de la rue, ils ont juste le temps d'apercevoir la camionnette verte qui tourne au coin en crachant son nuage noir de gaz d'échappement avant de filer vers le premier carrefour.

– J'ai des plus grands bras, fait Lise qui s'empare des bâtons pour les faire avancer plus vite.

Mais la voiture de Galvanius a déjà franchi le carrefour et continue sa route.

– Plus vite ! crie Bulle. On va le perdre !

– On ne peut pas aller plus vite ! halète Lise en poussant le plus fort possible sur les bâtons. On n'a qu'à laisser tomber !

– Pas question ! rétorque Bulle. Il y a un feu droit devant nous. S'il est au rouge, on le rattrape !

– Il a trop d'avance, Bulle.

– Ah bon ? fait-il en fouillant dans la poche de sa doudoune. Tiens, prends le reste !

Lise reconnaît le sachet de poudre « spécial proutonautes » du professeur Séraphin.

– Jamais ! se défend-elle. Les filles ne pètent pas !

– T'es obligée. Pense à la fin du monde et tout ça !

– Non, je te dis. T'as qu'à en prendre, toi !

– Arrête de faire ta mijaurée, Lise ! Je suis devant toi. Si j'en prends, tu sais bien que tu vas valdinguer très loin !

Lise bout intérieurement. Elle déteste péter. Et encore plus se faire traiter de mijaurée.

– Bon, passe-le-moi, dit-elle en cédant.

Elle prend le sachet, renverse la tête en arrière et vide le contenu dans sa bouche.

– Yaouh ! crie Bulle, fou de joie, en se tassant. Sept, six...

Loin, très loin devant, Lise croit apercevoir un feu et une voiture de la taille d'un petit pois. Un feu vert. Elle sent que ça commence à la chatouiller et à faire des glouglous dans son ventre.

– Cinq, quatre..., compte Bulle.

La pression est telle que Lise croit avoir avalé un ballon gonflé à bloc.

– Trois, deux, un...

Le feu passe au rouge. Lise voit que Galvanius freine, à la lumière des phares. Et le ballon qu'elle a dans le ventre va exploser !

– Cramponne-toi, hurle Bulle. *Décollage immédiat !*

Tout à coup, les voilà propulsés à une vitesse vertigineuse. Lise a l'impression que son pantalon se troue pour laisser passer un courant chaud incontrôlable. C'est comme s'ils avaient une fusée aux fesses – ce qui est d'ailleurs le cas. Jardins, pavillons, carrefours, ils survolent tout à une vitesse vertigineuse. Puis le prout perd de sa force et ils ralentissent.

– *Atterrissage en catastrophe !* prévient Bulle.

Il se produit alors sept choses dans l'ordre suivant :

1. Ils heurtent clairement l'arrière d'une camionnette verte.
2. Le feu passe au vert.
3. La camionnette redémarre.
4. Bulle s'agrippe au pare-choc, mais ses mains glissent de ses moufles qui, elles, restent collées au pare-choc.
5. Bulle pousse des jurons si épouvantables qu'on ne peut malheureusement pas les répéter dans un livre pour enfants.
6. Lise lance son bras droit en avant avec son bâton de sorte que la rondelle s'accroche à la dernière nanoseconde au pare-choc, ce qui leur permet de faire du ski automobile.

7. Bulle hurle un mot que nous pouvons, celui-là, indiquer ici : *Youpi !*

Les deux amis se concentrent pour ne pas lâcher. Ils traversent ainsi toute la ville plongée dans le calme de la nuit. Les gaz d'échappement font un peu tousser Lise, mais avec la vitesse, elle résiste. Les skis glissent sur la neige et les bosses, et quand la fillette lève les yeux, elle voit la lune briller dans un ciel étoilé sans nuages. « Finalement, c'est une belle soirée, se dit-elle. Même si la fin du monde menace. »

Soudain, leurs skis raclent sur quelque chose. La voiture s'arrête net.

– Qu'est-ce que c'était ? demande Lise qui s'efforce de ne pas perdre l'équilibre.

– On a roulé sur une bouche d'égout, explique Bulle.

Lise décroche son bâton de ski du pare-choc.

– Viens, chuchote-t-elle. Il faut se cacher !

Bulle récupère ses moufles et rejoint Lise qui s'est recroquevillée du côté du trottoir. Il l'imite et se dissimule derrière une voiture garée là.

Galvanius descend de la camionnette verte.

– Regarde, murmure Lise. Il est en robe de chambre !

– Avec des chaussettes de ski de fond, précise Bulle. Si tu veux mon avis, ça sent le caméléon lunaire à plein nez.

Ils le voient alors se diriger vers la bouche d'égout sur laquelle ils viennent de rouler. L'air chaud des canalisations a fait fondre la neige sur le dessus. Galvanius

agrippe les trous de la lourde plaque en fer, la soulève et disparaît aussitôt !

– Il est descendu dans la bouche d'égout ! s'exclame Bulle.

– Qu'est-ce qu'il peut bien faire là-dessous ? s'étonne Lise.

– Peut-être qu'il se sent trop propre après être resté des heures dans sa baignoire ? suggère le garçon. Allons voir ça de plus près !

Il déchausse ses skis.

– Vite !

Il court sur ses petites jambes et essaie de soulever la plaque comme Galvanius vient de le faire.

– Mais donne-moi un coup de main ! lance-t-il à Lise tandis qu'il s'échine comme un beau diable.

Lise glisse ses doigts dans les trous et essaie à son tour de faire basculer la plaque. En vain.

– Qui eût cru que M. Hoquet serait aussi costaud ! peste Bulle.

Sous l'effort, il est devenu rouge comme une tomate.

Lise lâche soudain prise.

– Qu'est-ce qu'il y a ?

– Il ne faut pas descendre.

– Pourquoi ?

– À cause de l'anaconda, répond Lise.

– Anna Konda ?

– L'anaconda, le serpent aquatique constricteur. Tu sais, celui qui est si, si long... Alors excuse-moi, mais très peu pour moi.

Bulle penche la tête sur le côté :

– Ne me dis pas que tu crois à ce genre d'histoires !

Lise regarde Bulle d'un air vexé :

– C'est toi-même qui me l'as racontée. Tu m'as dit qu'il y avait dans les égouts d'Oslo un anaconda d'au moins huit mètres, qui était si affamé qu'il pouvait manger n'importe quoi. Et tu as même fait un petit tour dans son estomac, tu ne te souviens pas ? Il s'en est fallu de peu pour que tu y restes, d'ailleurs.

– Ah bon ? dit Bulle en se frottant le menton. Hum... Il faut croire que je commence à me faire vieux. Ma mémoire me joue des tours. Bon, mais si je te l'ai dit, c'est que ça doit être vrai. Alors restons là ! C'est vrai que les anacondas, c'est pas vraiment mon truc non plus.

Immobiles, ils regardent un moment le couvercle noir de la plaque d'égout avec les trous noirs qui conduisaient à une obscurité encore plus noire et, plus loin encore, à l'endroit le plus noir de tous : le système des canalisations souterrain d'Oslo où personne en fait ne sait – ni n'a envie de savoir – ce qui s'y passe réellement.

– Et si on disait qu'on avait assez espionné pour ce soir ? suggère Lise.

– Pas tout à fait, souffle Bulle avec ce sourire en coin qui sous-entend que l'aventure n'est pas finie.

– Qu'est-ce que tu veux dire ? demande-t-elle en se doutant de la réponse.

– La maison de Gregor Galvanius est vide. Et comme tu sais, les araignées vampires à sept pattes du Pérou sont des as pour ouvrir n'importe quelle serrure.

– Mais Bulle, on ne peut quand même pas *entrer par effraction* chez les gens !

– Je sais, mais qu'est-ce qu'une petite effraction de rien du tout quand il est question de sauver le monde de sa fin prochaine ? Et puis, je croyais qu'on était d'accord pour dire que Galvanius n'était pas un homme mais un caméléon lunaire. Donc, le meilleur moyen d'en avoir la preuve, c'est d'entrer chez lui.

– Oui, mais...

– C'est maintenant ou jamais, Lise.

– On ne pourrait pas... je ne sais pas moi...

Lise a beau tourner le problème dans tous les sens, elle sent bien que Bulle a raison. Elle déteste quand il est fou et qu'il a raison en même temps. Surtout quand ça entraîne de nouvelles difficultés pour elle.

– Zut et zut ! lâche-t-elle. Bon, et bien allons-y ! Va pour l'effraction...

– Youpi ! s'écrie Bulle.

CHAPITRE 11

Effraction et lettre d'amour

On entend un petit clic et Perry sort du trou de la serrure.

– Bravo, Perry ! la félicite Bulle en baissant la poignée de la porte chez Gregor Galvanius.

Le petit garçon pose l'araignée sur le mur à côté de la sonnette et lui dit d'un ton très sérieux :

– *Suena una vez si señor Galvanius pasa la puerta, sí ?*

– Hein ? s'étonne Lise.

– Je lui ai demandé de sonner pour m'avertir de l'arrivée de Galvanius.

– Ah bon ? Parce que tu connais la langue des araignées ?

– Ne sois pas idiote, les araignées ne peuvent pas parler. C'est juste de l'espagnol. La langue qu'on parle au Pérou.

Après avoir refermé la porte, Lise suit Bulle à l'intérieur de la maison. Une fois dans l'entrée plongée dans le noir, ils retiennent leur souffle et tendent l'oreille.

– C'est quoi, ce bruit ? chuchote Lise.

– Ton cœur qui bat, répond Bulle tout bas.

– Non, écoute.

– Tu entends des visions, Lise, si je peux me permettre de m'exprimer ainsi. Il n'y a que nous ici !

– Il y a un bourdonnement.

– Arrête, c'est seulement... attends ! Tu as entendu ? C'est un bourdonnement.

– C'est ce que je viens de te dire...

– Viens, l'interrompt Bulle en la tirant par le bras.

Ils passent devant le salon et arrivent face à une porte.

– Ça vient de l'intérieur, dit Bulle.

– Oui, confirme Lise.

– Tu devrais peut-être ouvrir ? suggère Bulle.

– Non, fais-le, toi.

– Pierre, feuille, ciseaux ! propose Bulle.

Ils comptent jusqu'à trois et ouvrent la main.

– Ah ! s'écrie Lise triomphalement, car elle a fait la feuille et Bulle, la pierre.

– Pourquoi tu dis « ah ! » ? La pierre bat la feuille.

– Quoi ?

– Tu n'es pas au courant ? Ils ont changé les règles à l'assemblée générale en octobre.

– Qui ça, ils ?

– Les membres de l'association internationale Pierre-feuille-ciseaux.

Lise s'apprête à protester, mais ils ont perdu assez de temps comme ça. Elle ouvre la porte en grand.

À l'intérieur, il fait tout noir, mais le bourdonnement est intense.

– Aïe ! s'écrie Lise, qui vient de se faire piquer par quelque chose.

Ce n'est pas que cela lui ait fait très mal, mais elle ne s'y attendait pas. Au même moment, Bulle trouve l'interrupteur et allume la pièce.

Lise n'en croit pas ses yeux.

– Des moustiques ! dit-elle en se frottant le cou.

– Et des mouches, ajoute Bulle.

La pièce sans meubles vrombit d'insectes, grands et petits, tous ailés, semble-t-il, qui se précipitent vers l'unique ampoule pendue au plafond.

Lise referme vite la porte.

– Étrange ! dit Bulle.

Ils parcourent les autres pièces. C'est vite fait : il n'y a qu'un salon, une cuisine et une salle de bains avec une baignoire encore remplie d'eau.

– À part cette pièce remplie d'insectes, il n'y a pas grand-chose de bizarre ici, constate Bulle quand ils reviennent dans le salon.

– Non, sauf qu'il manque quelque chose, ajoute Lise.

– Très juste, renchérit Bulle en se laissant tomber de fatigue sur le canapé. Ce type n'a pas de télé. Je me demande comment il fait.

– Non, il n'a pas de *lit.* Où est le lit de Galvanius ?

– Hum... réfléchit Bulle en mettant ses mains derrière la tête et en fermant les yeux. Peut-être qu'il dort sur le canapé ?

– Mais il a une chambre à coucher, alors pourq...

Lise s'écrie soudain :

– Je sais ! Il dort dans la baignoire !

– C'est ce que je t'avais dit.

– Je veux dire, c'est là qu'il dort. Chaque nuit !

– Impossible, il aurait trop mal au dos, rétorque Bulle, et tout le bazar qui va avec : prolapsus des disques, sciatique, descente d'organes, coup du lapin...

– Mais tu dis toi-même qu'il n'est pas un homme comme les autres ! objecte Lise.

Bulle se tait. Sa bouche s'est entrouverte et, à intervalles réguliers, on entend comme le bruit d'un levier de vitesse qui essaie de passer la marche arrière. Il ronfle.

À l'extérieur de la maison, tout est silencieux.

D'abord on entend un très léger grincement du portail.

Puis de nouveau le silence.

Ensuite un sifflement, comme un lasso qu'on aurait lancé dans le noir, suivi d'une petite tape, comme si quelque chose de mouillé avait touché le mur de la maison. Et encore une fois le même sifflement et pour finir un « clac » comme font deux mâchoires qui se referment.

Enfin le silence.

Lise a fait un tour dans le salon tandis qu'elle écoute le ronflement faible et régulier de Bulle. Il n'y a aucun tableau sur les murs, mais quand elle arrive dans le bureau, elle aperçoit une feuille de papier sur laquelle quelqu'un a commencé à écrire.

Elle la prend et lit :

Chère Rosemarie,

je te prie de me pardonner de m'adresser à toi de manière si audacieuse, mais ce que j'ai à te dire, je l'ai porté si longtemps dans mon cœur qu'il est temps que cela sorte.

Je t'aime, Rosemarie

Voilà, maintenant c'est dit. ~~Je voudrais~~ Si je n'ai pas osé te l'avouer plus tôt, c'est pour deux raisons. La première, c'est que je craignais terriblement d'essuyer un refus qui ~~n'aurait~~ bien sûr surviendra. ~~Quelqu'un~~ Un pauvre type comme moi ne pourra jamais gagner l'amour d'une femme comme toi, Rosemarie, cela va sans dire. Mais il y a une autre raison aussi : si j'ai fui l'amour, c'est parce que l'amour ne m'a jamais donné que de la douleur. Celle que j'ai aimée avant venait d'Autriche et s'appelait Agnetha. Elle m'a quitté parce qu'elle trouvait qu'on était devenus trop différents. Elle est alors rentrée à Salzbourg où elle a trouvé un autre amoureux, un guitariste du nom de Bruno. Elle s'est teinte en blonde, s'est acheté des bottes à hauts talons et a commencé à chanter dans un orchestre dansant autrichien. Ils ont réussi à être mondialement célèbres tandis que moi, je me suis mis à boire. J'ai fini par me réfugier dans un coin perdu où j'ai accepté un poste et suis devenu professeur. Un mauvais professeur. En arts plastiques et en travaux manuels, matières pour lesquelles je n'ai en réalité aucune connaissance. Mais je n'avais pas la force d'enseigner la biologie, je n'avais pas envi de disséquer des grenouilles mortes.

Grégor

Lise sent la sueur perler à son front. Il manque un « e » à un mot de la dernière phrase : envi... Cela peut signifier trois choses :

1. Que Gregor Galvanius a fait une faute d'orthographe, l'erreur est humaine.
2. Que cette lettre n'est pas écrite par un être humain, mais par un caméléon lunaire !
3. Que « envie » est peut-être orthographié correctement dans la lettre, mais qu'à présent un caméléon lunaire se cache sur la lettre !

Lise lâche le papier en poussant un petit cri.

Un grognement sourd monte du canapé où Bulle continue de dormir.

Au même moment, la lumière s'éteint.

Lise presse une main devant sa bouche pour s'empêcher de crier encore et scrute l'obscurité. Elle ne voit toujours rien, mais elle entend le doux ronflement de son ami, et aussi autre chose. Un bruit qui lui fait se dresser les poils de ses avant-bras, puis ceux de la nuque et pour finir ses cheveux : un hoquet. Elle entend le son caractéristique du hoquet. Et il ne vient pas de l'extérieur, mais de l'intérieur. De la pièce où elle se trouve !

– B-B-Bulle, bégaie Lise en essayant de contrôler le tremblement de sa voix.

Mais ce tremblement gagne le reste de son corps, et bientôt, elle a l'impression d'être secouée par une perceuse à air comprimé. Car à présent, elle distingue quelque chose dans l'obscurité. Une paire de grands yeux globuleux qui brillent, avec des paupières qui se ferment et s'ouvrent lentement.

– Bulle ! hurle Lise.

Le ronflement s'arrête net. Suivent quelques grognements, puis une question ensommeillée :

– Qu'est-ce qu'il y a ?

La voix qui répond n'est pas celle de Lise, mais celle d'une créature qui a un cheveu sur la langue. Aiguë et coassante, elle chuchote :

– Il y a que... *hic...* je vais vous manger !

– C'est la voix de Gregor Galvanius.

Lise sent quelque chose de froid et de poisseux la prendre par la nuque. Une main la serre. Mais pas une main d'homme.

– Au secours ! crie Lise en se débattant.

Mais la main resserre son étau.

– Double au secours ! renchérit Bulle.

– Personne ne viendra au secours... *hic...* de deux voleurs.

Galvanius lâche un rire strident qui ne laisse rien présager de bon.

À cet instant, la lumière se rallume.

– Évidemment que les secours arrivent ! dit une voix que nos deux amis connaissent bien.

Sur le pas de la porte se tient une haute silhouette maigre.

– Professeur Séraphin ! s'exclame Bulle soulagé.

– Séra... *hic*... phin ? répète Gregor Galvanius en resserrant la ceinture de sa robe de chambre.

– Vite ! crie Bulle, en prenant son élan du canapé pour se jeter sur les épaules de Galvanius.

Il lui fait une prise de catch avec les jambes pour immobiliser sa tête.

– Il ne faut pas lui laisser le temps de se camoufler et de disparaître.

– *Hic !* hoquète Galvanius qui se retourne pour essayer d'attraper Bulle qui serre son cou de toutes ses forces.

– Arrête, Bulle, ordonne le professeur Séraphin.

– Nous devons sauver le monde de ces caméléons lunaires, proteste le garçon en donnant des coups de poing minuscules sur la tête de Gregor Galvanius.

– Aïe !... *hic*... Aïe !

– Arrêtez, j'ai dit ! crie Séraphin. Gregor n'est pas un caméléon lunaire !

Gregor Galvanius et Bulle s'arrêtent net, tous les deux.

– Qu'est-ce que je ne suis... *hic*... pas ? veut savoir Galvanius.

– Un caméléon lunaire, répond Séraphin.

– Mais alors, qu'est-ce qu'il est ? s'étonne Bulle.

– Comment se fait-il que deux détectives comme vous n'aient pas encore trouvé ? les taquine le professeur.

Il s'approche de Gregor Galvanius et aide Bulle à redescendre.

– On a cherché..., répond Lise en fermant l'œil droit, mais je crois que je commence à y voir plus clair.

– Très juste, renchérit Bulle. Encore que...

– Il dort dans sa baignoire et devrait être assoupi à l'heure qu'il est. Il fait un bond de cinquante mètres à skis sans tremplin. Il a une pièce pleine d'insectes volants. Et son hoquet est en réalité un coassement. Tous ces éléments prouvent qu'il est...

Lise pointe du doigt Galvanius qui la regarde, effrayé.

– ... un crapaud !

– Un crapaud ?

– Une sorte de crapaud, dit le professeur Séraphin en hochant la tête.

– Un imbécile de crapaud qui vient de se faire démasquer, ajoute Gregor Galvanius en courbant la nuque.

– Vous dites n'importe quoi ! s'emporte Bulle en les regardant. À moins que...

En guise de réponse, Gregor Galvanius ouvre la bouche et déroule sa langue. Elle n'en finit pas. Elle s'étire à travers la pièce comme un ruban rouge bleuté, jusqu'à toucher l'extrémité du nez de Bulle. Et là, tout au bout de cette langue, se trouve Perry, qui a un mal fou à se dépêtrer de la colle qui emprisonne ses sept pattes.

– J'ai compris que c'était vous, quand j'ai vu cette bestiole en faction près de ma sonnette, explique Galvanius en zozotant. Récupérez-la vite avant que je ne la mange. La tentation est grande, vous savez.

Bulle fait une grimace de dégoût et parvient à décoller son amie araignée avec son pouce et son index. Perry file le long de son bras, remonte dans sa nuque et regagne son abri sous le bonnet. Galvanius rentre sa langue en l'enroulant et ferme la bouche d'un bruit sec.

– Et maintenant, déclare le professeur Séraphin en tapant dans ses mains, je propose que nous nous asseyions pour élucider tout ça. D'autres tâches nous attendent. Nous n'avons pas de temps à perdre.

– Quelles autres tâches ? demande Galvanius.

– Oh ! toujours la même chose, répond Bulle en étouffant un bâillement. Nous devons sauver le monde...

CHAPITRE 12

Dancing Queen et crapaud

Une fois assis autour de la table de la salle à manger, le professeur Séraphin, Lise, Bulle et Gregor Galvanius, l'inventeur génial explique comment il a retrouvé leur trace.

– Je travaillais à perfectionner mes chaussures d'équilibriste en écoutant les informations régionales, quand Eva, la sœur de Bulle, m'a téléphoné pour me demander si je savais où était son frère. Sa mère et elle ne l'avaient pas revu depuis son départ pour l'école, le matin, et sa mère attendait qu'il lui serve son dîner au lit, comme d'habitude. Je lui ai conseillé de vérifier s'il n'était pas chez Lise et je suis passé à autre chose, quand soudain j'ai entendu les cris stridents du papa commandant dehors sur le perron.

« J'ai compris, d'après ce que le commandant disait, que le lit de Lise était vide et qu'elle avait aussi disparu ! À cet instant, la radio a annoncé que les habitants du 24 rue de la Mare aux canards avaient signalé une violente déflagration, qui avait fait trembler les vitres de tout le voisinage. Ils avaient aussi cru apercevoir une fillette et quelque chose qui ressemblait à un nain en plein excès de vitesse sur de tout petits skis. Et comme je savais que mon vieux camarade de chambrée, du temps où il était à Paris, habite au 25 de cette même rue, j'ai fait le rapprochement. De plus, vous m'aviez parlé de Gregor, j'ai donc compris qu'il y avait de la poudre « spécial proutonautes » dans l'air et j'ai décidé d'aller voir par moi-même ce qu'il en retournait.

– Il faut qu'on rentre à la maison pour prévenir nos parents, dit Lise. Ils se font certainement du souci.

– Oh ! rien ne presse, dit le professeur Séraphin. Nous avons plus urgent que de nous préoccuper de parents inquiets.

– Très juste, confirme Bulle. Mais d'abord, comment se fait-il qu'un homme devienne un crapaud ?

– Une sorte de crapaud, précise Séraphin. Tu n'as qu'à leur expliquer toi-même, Gregor.

– Oh, là, là ! gémit Gregor. Vous voulez la version courte ou longue ?

– La longue, répondent Bulle et Lise à l'unisson.

Il faut dix bonnes minutes à Gregor pour raconter son enfance à Farsund, tout au sud de la Norvège, avec un père qui n'avait qu'une idée en tête – que son fils devienne joueur de volley-ball professionnel – et son départ à Paris pour étudier la biologie.

– C'est là que j'ai rencontré Agnetha, dit Gregor, la plus belle créature sur terre.

– Quelqu'un veut des c-cadeaux ? demande Bulle, la bouche pleine, en proposant un paquet de gâteaux à la ronde.

C'est tout ce qu'il a trouvé comme nourriture dans cette maison, puisqu'il n'est pas friand d'insectes.

– Non merci, dit Gregor. Où en étais-je ?

– À Paris.

– Ah oui ! J'étais fou amoureux d'elle. Raide dingue, comme on dit. Alors c'est tout juste si j'ai osé l'inviter à un concert des Beetels. Et à ma grande surprise, elle a dit oui ! Et quand ils ont interprété une chanson qui s'appelle *She loves you*[1], elle s'est tournée vers moi et m'a dit en autrichien : « z'est vrai, ze qu'ils chantent, Gregor » et elle m'a embrassé sur la bouche. Pendant ce temps, les Beetels

1. Elle t'aime.

chantaient à tue-tête *She loves you yeah yeah yeah.* Cela a été le plus beau moment de ma vie ! Après aussi, c'était bien... Et encore plus tard, aussi. Ma vie à ce moment-là n'était qu'une suite de merveilleux moments... jusqu'à ce que je commette l'imprudence de boire le contenu de ce pichet.

– Un malentendu tragique, commente le professeur Séraphin.

– Un malentendu ? répète Gregor en reniflant, le visage rouge de colère. Écoute Victorien ! C'est quand même toi qui as placé dans notre réfrigérateur commun une boisson mortellement dangereuse ! *Hic !*

– Et j'en suis vraiment désolé, crois-moi, Gregor. Mais c'est toi qui t'es servi sur mon étagère !

Galvanius et le professeur Séraphin se regardent.

Puis Gregor baisse la tête :

– Tu as raison, c'est ma faute. Je n'aurais pas dû.

– Au moins vous le saurez pour une prochaine fois, intervient Bulle. Et il y a du mieux, puisque vous n'avez pas mangé Perry.

– Je ne mange pas les animaux domestiques, réplique Gregor. Il y a quand même des limites.

– Mais qu'est-ce qui s'est passé quand vous avez bu ce breuvage ? demande Lise.

– Ah, ce qui s'est passé ? reprend Gregor. Eh bien, la nuit même je me suis réveillé, couvert de mucus visqueux ! J'ai senti ma pomme d'Adam monter et descendre, et j'avais une envie étrange de gober des mites, des moustiques et des fourmis. Au début, les changements n'ont pas été très frappants. Mais je suis devenu de plus en plus fort, j'ai pu faire un saut de neuf mètres d'un coup. Sans élan ! Et j'ai pu laver les vitres du premier étage de ma maison, en faisant de grands bonds. Je suis devenu une sorte de *Superman* et j'étais persuadé qu'Agnetha ne m'en aimerait que davantage. Et puis, un soir, est arrivé l'irrémédiable...

Gregor se tait.

– Quoi donc, dites-le ! le presse Lise.

Gregor enfouit son visage dans les mains.

– Je l'avais raccompagnée du cinéma et je pensais l'embrasser, lui donner un vrai baiser avec la langue, et... et...

– Beurk ! fait Bulle.

Gregor prend une profonde inspiration et continue son récit :

– Elle a hurlé quand j'ai déroulé ma langue. Il faut dire que je ne m'étais pas rendu compte à quel point elle était devenue longue ! Sans compter qu'elle était collante... Elle a poussé des cris comme un goret qu'on égorge. Puis elle a couru s'enfermer dans son studio. J'ai pensé qu'il fallait peut-être lui laisser le temps de s'habituer à embrasser quelqu'un avec une langue d'une longueur un peu au-dessus de

la moyenne. Mais le lendemain, son propriétaire m'a dit qu'elle avait fait ses valises et qu'elle était rentrée chez elle, à Salzbourg, en Autriche.

L'homme crapaud se tait, le regard dans le vide, et déglutit, comme s'il essayait encore une fois d'avaler sa langue et tous ses problèmes.

– Et alors ? chuchote presque Lise.

– Les mois ont passé, j'espérais toujours qu'elle reviendrait. Jusqu'au jour où j'ai allumé par hasard la télévision. Elle était là, avec ce Bruno. Ils chantaient ensemble. Et ils avaient l'air amoureux. Leur groupe s'appelait BABA, et la chanson s'intitulait *Dancing Queen.*

– Oh ! elle est super, cette chanson, s'exclame Lise qui commence à chanter : *You are the dancing queen*[1]...

– Arrêtez ! hurle Gregor en se bouchant les oreilles.

– Grr..., proteste Lise vexée comme un pou. Je ne chante quand même pas si faux que ça !

– Euh..., dit Bulle.

– Ce n'est pas toi, c'est la chanson, explique Gregor dont le visage est devenu tout gris. Cette femme a brisé mon cœur. Je suis resté alité trois semaines après avoir vu cette émission. Une vraie serpillière, sans force, sans volonté, tout juste bon à jeter. Incapable de lever le petit doigt. Chaque fois que je commençais à me remettre, la radio diffusait une des chansons du groupe BABA et j'étais bon pour me recoucher *illico*. Et je suis resté comme ça jusqu'à ce que Victorien, un jour, vienne me rendre visite dans ma chambre.

Le professeur Séraphin hausse les épaules.

– Oh ! tout ce que j'ai fait, c'est de mettre un disque pour lui remonter le moral.

– Mais c'était la bonne chanson, Victorien.

1. Tu es la reine de la danse.

– Apparemment, admet le professeur Séraphin. Car il a sauté hors de son lit, et quand je dis « sauté » je veux dire qu'il a rebondi partout comme une balle de caoutchouc entre le plancher, les murs et le plafond.

– C'était *She loves you* des Beetels.

– Tout s'explique ! dit Lise.

– Ah ? s'étonne Bulle qui n'a pas compris.

– Oui. *She loves you* vous a rappelé le plus beau moment de votre vie, quand Agnetha vous avait embrassé. C'est ça qui vous a boosté et redonné vos superpouvoirs !

Gregor acquiesce à contrecœur.

– Ah, c'est donc pour ça que vous avez fait un saut de cinquante mètres là-bas ! Parce que vous avez entendu *She loves you*…

– Malheureusement, j'ai toujours la réaction inverse dès que j'entends BABA : je deviens aussitôt flasque comme de la gelée et me ratatine comme une crêpe.

– Mais il y a toujours quelque chose qui m'échappe, dit Bulle. Pourquoi êtes-vous descendu dans les égouts ?

Gregor hausse encore les épaules.

– Il arrive que je souffre un peu de solitude, ici, à la surface, surtout quand tous les autres crapauds hibernent sous la glace quelque part. Alors, ça me fait du bien de retrouver des congénères dans les égouts.

– Y a des crapauds dans les égouts ?

– Bien sûr, il fait chaud là-dessous.

– Qu'est-ce que vous faites ensemble ?

– On discute de choses et d'autres. On mange un cafard ou une araignée. On passe un bon moment.

– Double beurk ! dit Bulle.

– Est-ce que vous parlez la langue crapaud ? veut savoir Lise, toujours curieuse.

– Évidemment.

– Ça sonne comment, comme langue ?

– *Hic !* lance Gregor. *Coa, hic ! Hic !*

– Et ça veut dire quoi ?

– Une bière, s'il vous plaît.

– Fantastique ! s'esclaffe Bulle.

– De quoi parlez-vous exactement entre vous ? demande le professeur Séraphin.

– De tout et n'importe quoi, répond Gregor. Ce soir, on a parlé de drôles de singes amateurs de gaufres qui sont venus s'installer dans les égouts.

– Oh, dites-nous encore quelque chose en langue crapaud ! le supplie Bulle, des larmes de rire encore plein les yeux.

– *Hic !* dit Gregor en riant à son tour. *Hic ! Coa, coa, hic, hiiiic !*

– Ce qui veut dire ?

– *Je ne parle qu'un tout petit peu la langue crapaud, alors veuillez parler leeentement !*

Bulle et Gregor se tordent de rire. Et le professeur Séraphin ne tarde pas à faire comme eux.

– La question que je me pose, reprend Lise (la seule à rester impassible) c'est : Pourquoi répétiez-vous sur la luge « Je suis invisible » ? Parce que c'est à cause de ces trois mots qu'on vous a pris pour un caméléon lunaire...

– Ah, vous m'avez entendu ? s'étonne Gregor. Je... euh... me parlais à moi-même, c'est comme ça en tout cas que je semble être... pour une certaine personne.

– Ho, ho ! Gregor ! Mais tu rougis, constate le professeur Séraphin. Ne me dis pas que tu es retombé amoureux ? Auquel cas, c'est pas trop tôt.

– Amoureux ? répète Gregor en se forçant à rire. Non, non. *Hic !* Je... oui, il se peut que j'aime bien quelqu'un, mais... *hic !*... amoureux, moi ? Jamais plus !

Les trois amis regardent Gregor. Et s'il y a bien une chose dont ils sont sûrs, c'est qu'il est amoureux. Mais seule Lise sait de qui. Et, bien sûr, elle garde le silence.

– Maintenant que nous avons établi que Gregor n'est pas un caméléon lunaire et qu'il n'est pas hypnotisé, je crois qu'il est l'heure de lui demander de nous aider à sauver le monde.

– Oui ! s'exclament Lise et Bulle.

– C'est quoi, cette histoire de caméléon lunaire ? s'étonne Gregor.

Ils lui expliquent ce qu'ils savent sur eux et Gregor résume :

– Si j'ai bien compris, un caméléon lunaire peut prendre l'apparence d'un être humain ou de n'importe quoi. Il mange de la chair humaine comme nous mangeons de la viande hachée, il a du mal avec les « e » à la fin des mots, il vole des chaussettes et hypnotise les gens. De plus, on reconnaît les gens hypnotisés parce qu'ils ont du mal à prononcer le son « s » et le remplacent par « ch », par exemple « ch'est » au lieu de « c'est ». Et si on voit un caméléon lunaire en plein jour, c'est qu'il va se passer quelque chose de terrible.

– De supermégaterrible, rectifie Bulle.

– Vous avez vu des traces de caméléon lunaire en plein jour, et vous pensez que cela signifie que la fin du monde est proche, c'est bien ça ?

Bulle et Lise font signe que oui.

Gregor éclate de rire.

– Tout cela me semble du grand n'importe quoi. Vous n'êtes pas de mon avis ?

Lise réfléchit et trouve que Gregor n'a pas tort. Elle n'est plus si sûre maintenant. Au fond, jusqu'ici, il n'y a eu ni tremblement de terre, ni explosion volcanique, pas même une chute de comète sur Terre. En somme, rien qui annonce de façon tangible la fin du monde.

Alors le professeur Séraphin prend la parole :

– Je crois qu'il est temps que vous appreniez le reste.

Les trois autres se tournent vers lui.

– Car tout n'est pas marqué dans le livre de Bulle. Certaines vieilles rumeurs, à Paris, disaient autre chose.

– Est-ce que c'est in-inquiétant ? demande Lise.

– C'est interdit aux moins de dix-huit ans, déclare Séraphin. Commençons donc par mettre un peu plus de lumière avant que je continue.

CHAPITRE 13

Des nouvelles peu réjouissantes

Dans le salon de Gregor, le professeur Séraphin regarde un à un ses interlocuteurs, puis déclare :

– Je voulais repousser jusqu'au dernier moment ce que je vais vous raconter. Car, somme toute, ce n'est qu'une rumeur.

– Et que dit-elle ? le presse Lise.

– Que les caméléons lunaires vont nous dévorer, répond le professeur.

– Nous dévorer ? crient Lise, Bulle et Gregor d'une seule voix.

Le professeur Séraphin hoche la tête avec la mine de quelqu'un qui n'a pas vu le soleil depuis six mois.

– La rumeur à Paris courait qu'il y avait des habitants sur Mars, les Martiens.

– Logique, si on part du principe que cette planète est habitée, glisse Bulle.

– Mais si personne n'y vit, c'est parce que les caméléons lunaires ont dévoré les habitants. Car c'est ça qu'ils font. Ils mangent tout ce qui est vivant et intelligent. Et ce qu'il y a de plus vivant et intelligent sur Terre, c'est… nous.

– Je suis bien d'accord, enchérit Bulle qui ne semble pas remarquer l'effroi de Lise et de Gregor.

– Quand je dis « nous », je veux dire tous les êtres humains, précise Séraphin.

– Mais… mais, bredouille Lise. Pourquoi n'avons-nous encore jamais entendu parler de quelqu'un qui s'est fait dévorer ?

– Sans me tromper, je pense pouvoir affirmer que les caméléons lunaires sont des créatures très futées, répond Séraphin. Ils planifient bien leur coup, ce qui fait que le temps qu'on ait compris leur plan, il est déjà trop tard.

– Si ce que tu dis est vrai, il faut déjouer leur plan au plus vite, conclut Gregor.

– Et nous devons, nous autres qui n'avons pas été hypnotisés par les caméléons lunaires, organiser un mouvement de résistance, déclare Séraphin.

– Un mouvement de résistance ! s'exclame Lise. Comme il y en avait pendant la guerre !

– Oh ! il n'y a plus de gâteaux, constate Bulle en secouant le paquet vide.

Ils restent un moment en silence (sauf Bulle qui s'empiffre du dernier biscuit qu'il a gardé pour lui) en essayant de réfléchir posément à la situation – ou d'avoir des idées géniales qui, comme on sait, arrivent rarement sur commande. Enfin, le silence total règne. On n'entend plus que le faible bourdonnement des insectes enfermés dans la chambre à coucher, les accents d'un chant que reprennent en chœur les voisins, chacun assis devant sa télévision, et une voiture isolée qui passe devant la maison.

Lise a soudain une idée.

– Je sais !

Les autres la regardent, médusés.

– Je sais comment les gens sont hypnotisés !

CHAPITRE 14

Des gens hypnotisés, et deux vitres cassées

La mère et la sœur de Bulle sont déchaînées. Elles ont complètement oublié que Bulle a disparu, car Hallvard Tenoresen est là. À la télévision. Il dirige le chœur avec un large sourire aux dents éclatantes de blancheur et elles suivent des yeux les mouvements de sa baguette qui lui obéissent – c'est le cas de le dire – au doigt et à l'œil. Elles en sont au deuxième couplet de la chanson *La Norvège en bleu, blanc, rouge* et en sont à leur troisième sachet de croustilles au fromage, quand soudain une des vitres vole aux éclats.

Comme il est tard, et qu'elles sont assises chacune dans leur fauteuil bien confortable, elles sursautent et regardent la grosse boule de neige glacée au milieu des débris de verre qui jonchent le sol du salon.

– Bulle ! Chale petite crapule de gnome ! hurle la mère en furie. Tu te mets à briser les carreaux maintenant ? Il ne manquait plus que cha !

En guise de réponse, une deuxième boule de neige vient fracasser ce qui reste de la vitre.

La mère et la fille se relèvent et se précipitent vers la fenêtre. Et là, de l'autre côté de la clôture blanche, elles aperçoivent six silhouettes.

– Qui est là ? demande la mère.

– Les Jeunesses Norvégiennes, beugle une voix que la mère reconnaît aussitôt.

– Jojo et Gégé Morue ! crie-t-elle. Je m'en vais de che pas le dire à votre mère !

– Livrez-nous le nain ! réplique Gégé. Ch'est Bulle qu'on veut ! Chinon on va casser toutes les vitres de la maison. Ch'est une recommandation de notre président !

La mère regarde sans comprendre Eva qui hausse les épaules.

– Qu'est-che que vous lui voulez, à Bulle ? demande la mère.

– Nous devons chimplement le conduire chez notre président, madame Bulle, s'égosille une voix aiguë.

– Cha alors, ch'est la voix de Béatrice, dit Eva à

sa mère. Je ne pensais pas qu'elle était du genre à casser les vitres des gens.

– Et le président, qu'est-che qu'il veut faire de Bulle ? s'enquiert la mère.

– Vous n'avez pas entendu le discours du président en début de choirée, madame Bulle ? Tous cheux qui chont très petits ou très forts en orthographe doivent che présenter chez le président.

– Et pourquoi cha ? gueule Eva.

– Parce que nous chommes le Pays natal des Géants, et les minus n'ont rien à faire ici. Vous le récupérerez chertainement une fois que le président lui aura remonté les bretelles.

– Et qu'est-che que ch'est, chette histoire d'être doué en orthographe ?

– Le président n'a pas envie d'avoir des gens qui ergotent et qui pinaillent chur l'orthographe quand chertains oublient parfois des « e » à la fin des mots. Ch'est chérieux, madame Bulle !

La mère réfléchit avant de répondre :

– Che n'est pas idiot. De toute façon, Bulle n'est qu'un bon à rien. Je vous l'aurai livré chans problème, ficelé poings et mains liés, chi cha peut vous faire plaisir. Mais dites au président que Bulle n'est malheureusement pas à la maison.

– Dans che cas, braille Béatrice de sa voix haut perchée, désolés pour les carreaux cassés. Mais on nous a dit de faire comme cha. On reviendra plus tard.

Eva et sa mère retournent devant la télévision juste à temps pour chanter le dernier couplet.

– Chette vitre, il va me la payer avec chon argent de poche, Bulle ! maugrée sa mère en grelottant.

– Bulle n'a pas d'argent de poche, maman, objecte Eva en se précipitant sur le dernier biscuit apéritif du sachet.

Autour de la table, les yeux de Bulle, Gregor et Séraphin sont braqués sur Lise. Ne vient-elle pas d'affirmer qu'elle sait comment les gens ont été hypnotisés ?

– Vous nous avez demandé ce que nous avons en commun, que les autres n'ont pas ?

– Oui, confirme Séraphin. C'est ainsi que nous pourrons comprendre comment c'est arrivé.

– C'est pourtant simple comme bonjour ! Ça crève les yeux ! C'est qu'on n'a pas regardé cette émission. Par hasard, et par chance.

– De quoi elle parle ? chuchote Gregor à Séraphin.

– Chut ! dit Séraphin.

– Mais tous les autres l'ont regardée ce soir-là, poursuit Lise. Maman et papa, la mère et la sœur de Bulle, Béatrice, Jojo et Gégé... Tout le monde en Norvège !

– Bon sang, mais c'est bien sûr ! s'exclame Bulle en se tapant le front.

– Eurêka ! s'écrie à son tour le professeur Séraphin. C'est ça notre point commun ! Nous n'avons pas regardé.

– Regardé quoi ? s'impatiente Gregor.

Lise, Bulle et le professeur Séraphin répondent d'une seule voix :

– La grande Com–PET–ition de chœurs !

– Je n'ai pas regardé parce que j'ai préféré faire mes devoirs et me coucher tôt, dit Lise.

– Je n'ai pas regardé parce que j'ai préféré lire des choses sur les animaux effrayants et faire du théâtre d'ombres, renchérit Bulle.

– Je n'ai pas regardé parce que mon antenne de TV ne marchait pas, explique Séraphin.

– Et vous, Gregor, intervient Lise, vous n'avez pas regardé parce que vous n'avez pas la télévision.

Chez Lise, à la télévision, Tenoresen en est à son sixième couplet de *La Norvège en bleu, blanc, rouge*, lorsqu'une vitre est brisée.

Le papa commandant regarde sidéré les débris de verre, le pot de fleurs cassé et la boule de neige qui jonchent le sol devant son grand fauteuil à oreillettes.

– D'abord Lise qui disparaît et, maintenant, on me casse mes vitres !

– Mon Dieu, qu'est-che qui che passe ? demande la maman commandant.

Une voix crie du dehors :

– Livrez-nous Lise-la-péteuse !

Le papa commandant va à la fenêtre.

– Ch'est quoi ches comportements de voyous ! tonne-t-il. Qu'est-che que vous lui voulez à ma fille ?

– Elle est très forte en orthographe !

– Naturellement qu'elle est très forte en orthographe ! Et moi je vais vous montrer que je chuis aussi très fort pour distribuer des paires de claques !

L'homme imposant sort alors d'un pas lourd du salon en poussant un tel hurlement que le son traverse le couloir, la porte d'entrée, le portail du jardin pour arriver jusque dans la rue où les Jeunesses Norvégiennes prennent déjà leurs jambes à leur cou.

Le papa commandant s'arrête, reprend son souffle et marmonne :

– Mais où est-elle, notre petite Lise ?

– C'est Hallvard Tenoresen, dit Lise. « Le chiropracteur chantant » : c'est lui qui les a tous hypnotisés !

– Il n'est pas plus chiropracteur que je ne suis un caméléon lunaire, déclare Bulle.

– C'est terrible, fait Séraphin. Nous avons un caméléon lunaire comme président, et il veut faire la guerre au Danemark...

Ils réfléchissent en silence à ces sombres perspectives.

– Allez, dit Lise, il faut se mobiliser vite. Ce n'est pas tout ça, mais il faut que je rentre à la maison.

Le papa commandant se tient à attendre sur le perron quand Lise rentre.

– Ah, te voilà enfin !

Il croise ses bras sur sa poitrine et prend un air bourru pour dissimuler son soulagement.

– Est-che que tu chais que ta mère chest fait un chang d'encre pour toi ?

– Oui, dit-elle en sachant que son père a dû être tout aussi inquiet que sa mère. Mais j'avais une bonne raison pour être en retard, papa.

– Ah bon ? Je cherais curieux de l'apprendre.

– Je ne peux pas te le dire, ni à maman. Je vous demande seulement de me faire confiance, papa.

Le papa commandant la regarde, interloqué, passer devant lui d'un pas décidé, entrer et monter au premier étage. La maman commandant sort sur le perron :

– Qu'est-che qu'elle a dit ?

– Que nous devons lui faire confiance.

La maman commandant dévisage son mari sans comprendre. Celui-ci passe un bras autour des épaules de sa femme et s'éclaircit la voix :

– J'ai comme l'impression que notre petite fille n'est plus tout à fait une petite fille, ma chérie.

Lorsque Bulle rentre chez lui, la maison est plongée dans l'obscurité.

Il jette un coup d'œil dans la chambre de sa sœur, puis dans celle de sa mère pour vérifier qu'aucune d'elles n'a déjà été mangée par les caméléons lunaires. Mais non. Elles dorment toutes les deux – à en juger par leurs ronflements – sans se douter le moins du monde du péril qui les menace. Il va fermer la porte de la chambre de sa mère, quand il entend :

– Ah ! ch'est toi, espèce de fainéant. Je chuis trop fatiguée maintenant, mais fais-moi penser que je dois t'attacher et te livrer tout ficelé aux Jeunesses Norvégiennes demain matin. D'accord ?

– Pas de problème, maman.

– Mais tu me cherviras d'abord mon petit déjeuner !

– Bien sûr. Dors bien.

– Hmfrh.

Et pour clore cette mémorable journée, Bulle fait un grand spectacle de théâtre d'ombres pour Lise. Pas un qui fait peur, car ils ont eu assez d'émotions dans la journée. Non, il mime le plus long saut à ski du monde, un vol plané qui n'en finit pas, et le sauteur se transforme en oiseau qui, sur ses larges ailes bien solides, met le cap vers la lune, s'enfonce dans la nuit et le pays des rêves... Quand il se pose enfin, Lise et Bulle se sont endormis depuis longtemps.

CHAPITRE 15

Superappât et trottinette des neiges

Le salon de thé Syvertsen se trouve au centre d'Oslo, à côté du Parlement, de trois boutiques de vêtements, d'un coiffeur et d'une loge de francs-maçons. Et assis à de jolies tables rondes, sur des chaises à haut dossier, les dames de la bonne société se retrouvent à l'heure du thé. Elles prennent de minuscules bouchées de gâteaux qui ont des noms de capitales européennes comme Berlin, Vienne ou Paris, et de mini-mini gorgées de thés qui viennent de lointaines contrées d'Asie, en parlant de leurs enfants et de leurs petits-enfants, et des infimes évènements qui se sont déroulés dans leur quartier. Mais aujourd'hui, trois d'entre elles ont des choses importantes à se dire.

– Vous avez entendu que le roi ch'est enfui à l'étranger ? demande la première.

– Oui, au Chud-Trøndelag, dit la deuxième.

– Il paraît que le Chud-Trøndelag est un endroit charmant, déclare la troisième.

– Tenoresen ch'est installé au Château, annonce la deuxième.

– Ch'est tout à fait normal, commente la première. Il est le président.

– Mais ch'est quand même dommage qu'il ait déclaré la guerre au Danemark ! objecte la troisième. Mon mari et moi venions d'acheter nos billets de ferry pour y aller. Nous allons être obligés d'annuler le voyage.

– Ne dites pas cha, la critique la première. Le président chait che qu'il fait.

Mais les trois dames ne sont pas les seules à parler de choses importantes, ce jour-là, au salon de thé Syvertsen. Autour d'une table, au fond de la salle, quatre personnes parlent de sujets graves : la fin du monde, les caméléons lunaires qui dévorent les humains, le vol de chaussettes, rien que ça ! Ces quatre-là, vous l'avez deviné, ce sont le professeur Séraphin, Bulle, Lise et Gregor Galvanius. Trois jours sont passés depuis que les deux enfants ont découvert que Gregor était un crapaud.

– Est-ce que vous croyez... *hic !...* qu'elle va venir ? demande Gregor en regardant sa montre.

– Cela va de soi, dit Bulle.

Et à peine a-t-il prononcé ces mots que la porte s'ouvre et laisse passer une femme énergique. Celle-ci se dirige vers leur table d'un pas résolu, s'arrête, laisse ses lunettes glisser sur son nez et examine ces quatre clients pas comme les autres.

– C'est donc vous quatre qui allez sauver le monde ?

– Avec vous, ça fera une personne de plus, déclare Lise.

– Ah ? fait Mme Strobe. Ça ne m'impressionne pas. C'est un endroit pour le moins inhabituel pour une réunion de résistants.

– C'est fait exprès, madame Strobe, explique Bulle. Si on s'était donné rendez-vous à un endroit connu pour être un lieu de réunion pour les résistants, on se serait faits démasquer tout de suite.

– Nous n'obligeons personne à nous suivre, souligne le professeur Séraphin. Rejoindre notre mouvement comporte une part non négligeable de risques.

Mme Strobe plonge les yeux dans ceux du professeur :

– J'ai bien réfléchi à tout ce que vous m'avez raconté, dit-elle. Et je crois que vous avez raison. Presque tous mes élèves se sont mis à dire « ch'est » au lieu de « c'est » du jour au lendemain, des chaussettes disparaissent mystérieusement, et à présent, il est question d'envahir le Danemark ! Il y a vraiment quelque chose qui cloche. Et pas qu'un peu !

Puis, posant son sac à main au beau milieu de la table, elle annonce :

– Je me joins à vous. Est-ce que quelqu'un pourrait aller me chercher une tasse de thé ?

Gregor bondit sur ses pieds. Tout rouge, il lui avance galamment une chaise libre.

– C'est tout simplement... *hic !...* phénoménal !

Mme Strobe hausse un sourcil et daigne s'asseoir.

– Vous m'aviez dit que nous serions un de plus, si je ne me trompe ?

– Il devrait arriver d'une minute à l'autre, dit Bulle en regardant l'heure.

Au même moment, la petite clochette retentit à la porte d'entrée et tous se retournent pour voir l'homme qui s'approche. Son pantalon en Térylène est si serré qu'il a du mal à plier les genoux, et ses lunettes de pilote sont si foncées qu'il manque de rentrer dans la serveuse chargée d'un plateau avec plein de théières et de tasses. Il s'arrête, le temps de s'habituer à l'éclairage du salon de thé.

– Je vois que vous avez invité Madsen, le chef de la fanfare, dit Mme Strobe. Qu'est-ce qui vous fait dire que lui non plus n'a pas été hypnotisé ?

– C'est simple, répond Bulle en faisant signe à Madsen de venir à leur table. Madsen déteste le chant choral. Il n'a pas vu une seule minute de cette Com–PET–ition de chœurs, je vous le garantis !

L'homme finit par voir le geste de Bulle et s'approche d'eux. Il tâtonne pour trouver sa chaise, mais ne s'assied pas.

– Je suis désolé d'être en retard, mais les bus ne circulent plus. On va les fondre, paraît-il, pour en faire des boulets de canon.

– C'est bien d'être venu quand même, le remercie le professeur Séraphin.

– C'est que..., hésite Madsen en tripotant ses lunettes. Je ne... peux pas.

Il renifle très fort et tend un bout de papier blanc. Mme Strobe le saisit et lit à haute voix :

– « *Madsen est enrhumé et ne peut malheureusement pas aujourd'hui se joindre au mouvement de la Résistance. Signé : la mère de Madsen.* »

– Hum, fait Séraphin. C'est dommage. Et demain ?

Madsen secoue la tête.

– Après-demain alors ?

Madsen toussote.

– Je suis très enrhumé, vous savez, se défend-il en baissant les yeux.

Le professeur Séraphin soupire.

– Je comprends. Eh bien, il ne reste plus qu'à vous souhaiter un prompt rétablissement.

– Merci, chuchote Madsen de manière presque inaudible en reprenant son bout de papier et en repartant à petits pas, comme il était venu.

– Eh bien, nous sommes donc cinq, déclare le professeur Séraphin en s'efforçant de prendre un ton enjoué.

– Plus il y a de bergers, moins bien gardées sont les vaches, ajoute Mme Strobe qui connaît plein de proverbes. Alors, quel est le plan ?

– D'abord trouver où se cachent les caméléons lunaires, puis découvrir leurs intentions, annonce le professeur Séraphin. Lise a eu une très bonne idée.

– Laquelle ?

– De mettre un appât, dit la fillette.

– En utilisant ceci, précise le professeur Séraphin.

Il tient un carton doré sur lequel est écrit en lettres capitales : E 18. COLORANT. NE PAS AVALER !

– Quoi ? s'insurge Gregor. Mais c'est le colorant qui m'a fait croire que ton fortifiant était du jus d'orange ! Faut pas plaisanter avec ce genre de choses !

– Du calme, Gregor ! dit Séraphin. Il m'en restait un peu dans la cave.

– Je comprends qu'on peut tuer les caméléons lunaires avec ça, dit Mme Strobe, mais comment faire pour qu'ils l'avalent ?

– Ce n'est pas pour qu'ils l'avalent, précise Lise.

– Mais alors...

– Attendez, vous verrez ce soir, tranche la fillette en prenant un air mystérieux.

– Ho, ho ! s'enthousiasme Bulle. Je me réjouis tellement que ça me donne mal au ventre. Ah, nous sommes une vraie guérilla !

Il ne tient plus en place sur sa chaise.

– Il faut qu'on ait un nom. Vous avez de la chance, je l'ai déjà trouvé pour vous. Nous nous appelons les...

Bulle fait durer le suspense et regarde tour à tour les autres qui sont pendus à ses lèvres.

– Les Cinq Vincibles !

– Vulnérables ? Ah, c'est trop drôle ! s'esclaffe Gregor.

– Vous voulez sans doute dire « invulnérables », corrige Mme Strobe.

– Non, je veux dire « vulnérables », insiste Bulle. C'est ça le truc. On peut être battus. Nous ne sommes pas invincibles, mais nous allons quand même nous battre, et au front ! C'est ça l'idée.

Tous réfléchissent et finissent l'un après l'autre par opiner du bonnet.

– C'est un nom intéressant, dit Mme Strobe.

– Un nom parfait, renchérit le professeur Séraphin

– Alors allons-y, propose Lise.

– Oui, mais avant, il faut fêter ça, s'écrie Bulle.

– Fêter quoi ?

– Le fait qu'on a un nom et qu'on va sauver le monde des horribles dangers qui le menacent. Qui sait, demain, on pourrait fort bien mourir en héros au combat, et alors il sera trop tard pour fêter quoi que ce soit.

Tous reconnaissent qu'il n'a pas tort et ils fêtent ce moment dans les règles de l'art. Bulle saute de haut en bas sur sa chaise et fait signe à la serveuse :

– Plus de thé, s'il vous plaît, pour les Cinq Vincibles !

L'obscurité et le silence sont descendus sur la rue du Canon et sur toutes les maisons. Mais si on prête l'oreille, on peut entendre du bruit dans trois d'entre elles : la maison rouge, la maison jaune et la drôle de maison bleue, un peu de traviole, tout au bout de la rue. Et c'est le même bruit dans chacune d'elles, le bruit d'une machine à laver qui essore. Au bout d'un moment, ça s'arrête dans la maison rouge, puis dans la maison bleue et, pour finir, dans la maison jaune.

Pendant quelques minutes, le silence est total. Puis soudain, on entend un faible grincement, comme celui d'une fenêtre qui s'ouvre. Et aussitôt après, le même grincement d'une fenêtre qui se referme. Une lampe de poche à la fenêtre de la maison bleue lance trois signaux lumineux, auxquels répondent trois courts signaux venant de la maison jaune et de la maison rouge. Enfin, les portes s'ouvrent doucement dans les maisons jaune et rouge, et Lise et Bulle foncent chez le professeur Séraphin.

– Par ici ! crie leur vieil ami.

Ils descendent dans la cave où se trouve aussi Gregor ; les deux hommes sont penchés devant la machine à laver.

– L'un d'eux est passé par ici ! dit le professeur en éclairant le sol avec sa lampe de poche. Et comme nous l'espérions, il a ouvert la machine à laver et enfilé une paire de chaussettes.

Effectivement, des traces mouillées partent de la machine à laver jusqu'à la fenêtre de la cave, où les crochets ont été enlevés. Ils se précipitent dehors et trouvent des empreintes profondes dans la neige de l'autre côté de la fenêtre. Celles-ci les conduisent à travers le jardin, jusqu'au portail et jusque dans la rue. Là, les marques de pieds des voleurs de chaussettes disparaissent sur le verglas. Mais pas les traces ! À la lumière du réverbère, on pourrait croire à première vue qu'il s'agit d'un peu de pipi dans la neige. Mais en y regardant de plus près, il s'agit bien de traces de pas jaunes comme du jus d'orange.

– Voilà ce que j'appelle mordre à l'appât ! chuchote Bulle. C'était une super idée de tremper nos chaussettes dans le colorant qui ne disparaît pas au lavage, de faire tourner nos lave-linge respectifs et d'attendre qu'un caméléon lunaire tombe dans le piège. Ah, Lise, tu es géniale !

Lise sourit. Elle doit s'avouer qu'elle est assez fière d'elle !

– Il ne nous reste plus qu'à suivre ces traces pour savoir où ils se cachent, annonce-t-elle.

Le professeur Séraphin détache la trottinette des neiges qu'il avait déjà sortie, pour faire le moins de bruit possible en se déplaçant.

– Venez, dit Gregor en s'installant derrière le guidon de la trottinette.

Bulle s'assoit sur le siège et éclaire avec sa lampe de poche les traces de pas, tandis que Séraphin et Lise prennent place sur les patins derrière Gregor.

Ce dernier, avec ses grosses cuisses de crapaud, donne des coups de pied pour avancer.

– Eh ! Pas si vite, Gregor ! Il ne doit pas se rendre compte qu'il est suivi.

Gregor ralentit et ils avancent par petits coups passant de l'ombre à la lumière au rythme des réverbères, bercés par le doux son des patins qui glissent sur la neige gelée. Bulle ne perd pas de vue les traces et lance des ordres brefs pour aller à gauche ou à droite.

Un bonhomme de neige dans un jardin regarde de ses yeux noirs tout ronds cette trottinette des neiges surchargée.

Au bout d'un moment, Bulle dit :

– Stop ! Je ne vois plus les traces.

Gregor s'arrête et ils tendent tous l'oreille en regardant alentour.

– Peut-être qu'il s'est camouflé en arbre ? hasarde Bulle.

– Ou en cette niche de chien ? suggère le professeur Séraphin.

– Ou en neige, souffle Lise. Mais pourquoi les traces ont-elles disparu ?

– Attendez, dit Gregor sans se préoccuper de baisser la voix.

Il descend de la trottinette des neiges et les autres le regardent revenir sur ses pas.

Au bout de soixante mètres, il s'arrête et montre la rue du doigt.

– La dernière trace est ici. Juste à côté de cette bouche d'égout. Le caméléon lunaire est descendu dans les égouts.

Les autres le rejoignent. Gregor se penche et soulève la plaque d'égout.

Bulle dirige le faisceau de sa lampe dans le trou sombre. Ils n'entendent que l'écho du goutte-à-goutte de l'eau.

– Qu'est-ce qu'on fait ? demande Lise.

– Élémentaire, ma chère. Nous avons besoin de volontaires. Que ceux qui ont envie de descendre pour poursuivre la filature lèvent la main.

Il compte. C'est vite fait.

– Aucun volontaire, dit Bulle. Bon. Dans ce cas, je vais décider. Et je décide que le volontaire sera...

Bulle tourne le doigt en l'air avant de le pointer sur lui-même :

– Moi !

– Toi tout seul ? s'étonne Lise. Il vaudrait mieux qu'on y aille tous.

– Pas du tout, réplique Bulle. Quelqu'un de petite taille fait moins de bruit en pataugeant que quatre personnes. Et puis, je peux me faufiler dans des conduits très étroits. Je vous confie Perry. Veillez bien sur elle.

Bulle soulève son bonnet, attend que l'araignée grimpe sur son doigt et la tend à Lise qui la prend délicatement.

– Bulle, c'est hors de question, lâche fermement le professeur Séraphin.

– La question est déjà réglée, rétorque le petit garçon aux cheveux rouges en enroulant son écharpe autour du cou. Il se racle deux fois la gorge et déclame :

– Chers amis résistants. Ne craignez rien. Et pour que mon sacrifice ne soit pas vain, continuez la lutte contre les forces du mal. Saluez mon harem de femmes et de maîtresses ravissantes au cas où je ne reviendrais pas vivant. Dites-leur que Bulle les prie de ne pas pleurer. Ou pas trop, en tout cas.

Bulle pince son petit nez retroussé couvert de taches de rousseur entre son pouce et son index et lance :

– Adieu !

Puis il fait un petit saut, et oups ! il disparaît dans le trou noir.

– Il est fou ! s'écrie Lise.

– Sur ce point précis, je crois que tout le monde est d'accord, marmonne le professeur Séraphin.

On entend un léger « plouf » tout au fond des égouts.

– D'un autre côté, il n'a pas tort de dire qu'il est plus discret que nous quatre réunis. Mais il pourrait avoir besoin d'un guide là-dessous. Hein, qu'est-ce que t'en penses, Gregor ?

Gregor lève la tête et se raidit.

– Pour... pourquoi vous me regardez tous ? *Hic !*

– Tu nages comme un crapaud, dit Séraphin. Tu vois dans le noir comme un crapaud. Et, cerise sur le gâteau, tu connais des gens là-dessous qui peuvent nous aider.

– Des gens, façon de parler, bougonne Gregor. Ce ne sont que des crapauds, des animaux pas très futés. Je ne compterais pas trop sur leur aide, si j'étais vous. Ils ne sont pas du genre à rendre service à droite, à gauche.

– Tiens, dit le professeur en sortant un petit flacon de sa poche. Je me suis dit que tu pourrais en prendre quelques gorgées si la situation dégénère.

Gregor prend la fiole et lit à haute voix :

– « Boisson énergétique du professeur Séraphin au piment mexicain. Medium hot. »

Il jette un regard incrédule sur Séraphin :

– Tu veux que je sois encore plus crapaudisé, Victorien ? Mais c'est le poison qui a détruit ma vie !

– J'ai modifié un peu la formule, Gregor. Il y a moins d'extrait de crapaud rhinocéros, pour réduire les effets secondaires.

– Non ! crie Gregor qui devient si rouge qu'il va exploser.

Et il jette le flacon qui se brise par terre.

– Hum, songe le professeur Séraphin. J'aurais peut-être dû mettre un peu moins de lemming norvégien type A...

– Ohé ! crie Lise. Au lieu de rester là à vous disputer, Bulle est tout seul en bas et il essaie de sauver le monde des dangers qui le guettent !

Les deux hommes adultes – euh, en tout cas plus âgés – la regardent.

– Que croyez-vous ? dit Lise en se penchant vers Gregor. Que penserait une certaine dame, en apprenant que vous n'avez pas osé aider Bulle à lutter contre les caméléons lunaires ?

Gregor souffle si fort par les narines qu'il se retrouve dans un nuage de vapeur.

– Je me fous de ce que Mme... *Hic !*

Il s'interrompt et son visage se fige.

– Mme Strobe ? hasarde Lise. Vous vous fichez de ce que Mme *Rosemarie* Strobe pense ?

Gregor jette un regard boudeur à Lise, puis finit par se détendre.

– Bon, vous avez gagné. J'y vais ! grogne-t-il.

Sur ce, sans se faire davantage prier, il disparaît lui aussi dans la bouche d'égout.

CHAPITRE 16

Égouts et arme top secrète

Bulle est au milieu de l'eau puante et fouille l'obscurité impénétrable avec sa lampe. La lumière éclaire l'eau brun foncé et les parois des égouts, où les ombres des rats qui trottent semblent dix fois plus grandes. Bulle espère en tout cas qu'ils ne sont pas aussi grands que ça en vrai. Soudain, il bondit de peur en sentant une main se poser sur son épaule.

– C'est moi, dit Gregor. Éteins ta lampe.

– Ça va pas ? Je n'y verrai goutte.

Bulle regarde Gregor, qui reste impassible.

Le petit garçon soupire :

– Vous n'avez pas compris la blague. Y voir que goutte, alors qu'on est dans l'eau... C'était de l'*humour*.

– Je vois bien sans lumière, continue Gregor. De toute façon, on ne peut pas déceler un caméléon lunaire quand il est camouflé. Mais l'avantage, c'est que dans le noir il ne peut pas nous voir non plus !

– Pas bête, admet Bulle en éteignant sa lampe et en clignant des yeux. Vous êtes où ?

– Ici. Cramponne-toi.

Bulle sent deux mains gluantes l'agripper, et tout à coup, il se retrouve sur le dos de l'homme batracien.

Bulle reçoit un coup dans les reins quand ils s'élancent dans l'eau à travers l'obscurité. Il ferme les yeux. Il a l'impression de voler, comme tout à l'heure quand il était assis à l'avant, sur le siège de la trottinette des neiges.

– *Hic !* entend-on dans le noir quelque part.

– *Hic !* répond Gregor. *Hic, coa, hihic ?*

– *Hic hic coa.*

– Merci ! Euh... *hic !*

– Qu'est-ce qu'il a dit ? demande Bulle.

– C'était une femelle, corrige Gregor.

– Mignonne ?

– Assez. Elle m'a dit qu'elle avait entendu quelqu'un patauger dans cette direction, mais elle n'a rien vu. Ce qui est bizarre étant donné que...

– Les crapauds voient drôlement bien, complète Bulle.

Ils continuent leur promenade aquatique et Gregor demande à tous les crapauds qu'il rencontre s'ils n'auraient pas entendu de mystérieuses créatures invisibles. Chaque fois, on lui indique une direction et il s'enfonce encore davantage dans le réseau des canalisations souterraines sous la ville d'Oslo.

Bulle bâille, le noir lui donne sommeil.

– Que disent vos amis crapauds à propos de la rumeur selon laquelle il y aurait un anaconda de plus de huit mètres qui vivrait par ici ?

– Oh, vous ne croyez quand même pas à ces histoires de grand-mères, dit Gregor en soufflant par les narines. Voilà, on y est. C'est ici que les dames crapauds m'ont dit que les créatures avaient disparu.

Bulle lève la tête. Gregor s'est arrêté sous une canalisation qui remonte tout droit. Des rayons de lumière qui filtrent du haut font scintiller l'eau.

– Où sommes-nous ? veut savoir Bulle.

– Est-ce que j'ai la tête d'un GPS ? coasse Gregor.

– Regardez, une échelle ! Venez !

– Vous êtes sûr de votre coup ? Ça ne me paraît pas... *hic !...* une très bonne idée.

– Moi en tout cas, je monte, déclare Bulle en sautant du dos de Gregor et se mettant à grimper.

Au bout de quelques échelons il se retourne et demande :

– Alors, vous venez ?

Le petit garçon perçoit des coassements ; il est prêt à jurer que ce sont des jurons en langue crapaud. Puis il entend que Gregor le rejoint.

L'échelle se termine par une plaque d'égout avec de petits trous par lesquels la lumière entre. Bulle essaie de la soulever, mais elle ne bouge pas d'un millimètre.

– Laissez-moi faire, dit Gregor qui passe devant Bulle. Il fait basculer le couvercle comme si c'était celui d'une boîte de raisins secs.

Bulle se hisse précautionneusement au bord, prêt à tout lâcher et à retomber au fond des égouts s'il se fait attaquer. Mais ce n'est pas nécessaire. Du moins, pas encore.

Autour d'eux se dressent de hauts murs de pierre avec de grandes fenêtres, derrière lesquelles brillent des lustres illuminés suspendus à des plafonds peints. À chacun des quatre balcons est accroché un drapeau norvégien. Bulle ne voit qu'une route qui part de la grande place pavée et bien éclairée. Il aperçoit aussi une haute porte avec des barreaux de la hauteur du portail, et de l'autre côté, à la lueur de quatre torches qui flamboient, deux gardes en uniforme noir, avec des drôles de casquettes munies de glands encore plus bizarres.

Gregor pointe sa tête à côté de celle de Bulle.

– C'est quoi... *hic !...* tout ça ?

Ici, Bulle aurait pu répondre : « Est-ce que j'ai la tête d'un guide d'Oslo ? », mais il se ravise. En partie parce qu'il sait parfaitement où ils sont.

– Vous voyez les deux hommes là-bas avec leurs drôles de pompons ? chuchote Bulle.

Gregor fait signe que oui.

– Ce sont les gardes. Nous sommes au Château.

– Vous voulez dire, le Châ...

– Les caméléons lunaires ont investi le Château royal de Norvège. Et nous sommes dans l'enceinte, vous comprenez ? Nous sommes à proximité du président Tenoresen.

– *Hic !*

– Vite, entrons !

– *Double hic !*

Bulle est déjà sorti du trou et court se mettre à l'ombre en se plaquant contre un mur. Il reste là et regarde alentour. La seule porte d'entrée est à quelques pas, mais elle est éclairée, et s'ils s'avancent ils ne manqueront pas de se faire repérer par les gardes... Il examine ensuite les fenêtres. Elles ont toutes l'air bien fermées. Mais soudain, il entend un bruit. Ne serait-ce pas de la musique ? La porte-fenêtre de l'un des balcons est entrouverte et à l'intérieur une voix métallique chantonne :

Chiquitita, you and I know[1]...

---

1. Chiquitita, toi et moi savons...

– Le balcon ! chuchote Bulle à Gregor qui est venu le rejoindre à contrecœur. Il faut qu'on arrive à grimper sur le balcon !

– On est vraiment obligés ? se récrie Gregor.

– Ne me dites pas que vous êtes fatigué ! s'étonne Bulle. Je croyais que vous étiez un supercrapaud, moi !

Piqué au vif, Gregor devient rouge écrevisse et peste tout bas :

– Arrêtez de me provoquer, jeune freluquet ! J'ai parcouru la moitié de la ville à la nage avec toi sur mon dos, et tu t'étonnes que je sois fatigué ! Qu'est-ce que tu attends d'un supercrapaud ?

– Eh bien, qu'il puisse sauter jusque là-haut, répond Bulle en montrant du doigt le balcon avec le drapeau rouge orné du lion jaune du royaume.

– Mais enfin...

– Allez, un effort, Gregor ! Je vous ai vu faire un saut de cinquante mètres sans tremplin !

– J'ai les jambes qui flageolent tout à coup. Je ne comprends pas...

Bulle l'encourage en chantonnant :

– A-llez-Gre-gor-a-llez !

L'homme crapaud pousse un profond soupir, puis il plie ses genoux et bondit dans les airs. À cinq mètres ! Et sans élan. Nouveau record mondial ! Sauf qu'il manque cinquante centimètres pour atteindre le balcon...

Il retombe et fait un nouvel essai.

Quatre mètres et demi.

Retombe encore et pousse un soupir de découragement.

Quatre mètres.

Ensuite il se laisse choir à l'ombre pour reprendre sa respiration. Il veut se relever, mais il n'a plus de forces.

Bulle se penche vers lui.

– Quelque chose ne va pas, Gregor ?

– C'est la musique ! parvient-il à dire. C'est elle !

– De quoi vous parlez ? demande le garçon aux cheveux rouges.

– C'est Agnetha qui chante. C'est pour ça que je perds tous mes moyens.

Bulle tend l'oreille. La voix qu'il entend de loin lui paraît froide et métallique, avec un petit accent autrichien :

Sing a new song, Chiquitita[1]...

– Il faut vous reprendre, dit Bulle.

– C'est au-dessus de mes forces, murmure Gregor Galvanius, en se recroquevillant.

Son corps est parcouru de tremblements comme s'il était au stade essorage d'une machine à laver.

– Hum, fait Bulle songeur.

Il prend le problème dans tous les sens, le retourne et finit par trouver une solution.

– Vous auriez bien gobé Perry, n'est-ce pas ? dit Bulle.

– Euh, oui...

– Eh bien, vous voyez le lion jaune sur le drapeau attaché au balcon ? Ce n'est pas un lion, c'est une araignée. Une grosse araignée bien grasse et pleine de jus...

– Une araignée au beurre ? demande Gregor.

– Oui, c'est ça ! C'est une araignée au beurre. N'a-t-elle pas l'air appétissante ? N'en avez-vous pas l'eau à la bouche ?

– Si, je la vois maintenant. À moins que ce ne soit une hallucination... Je me sens si flagada, Bulle.

– Ce n'est pas une hallucination, Gregor. Gardez les yeux grands ouverts et regardez-moi bien. Non, ne fermez pas les yeux !

Bulle lui donne une petite gifle pour le réveiller, et Gregor écarquille à nouveau les yeux.

– Je veux que vous mangiez cette délicieuse araignée, Gregor ! Je veux que vous alliez l'attraper et... attendez !

1. Chante une nouvelle chanson, Chiquitita...

Gregor a déjà ouvert la bouche et s'apprête à dérouler son long ruban de langue quand Bulle l'attrape avec ses bras et ses jambes.

– Maintenant, Gregor, *go* ! crie Bulle, cramponné à la langue.

À l'instant où celle-ci touche le drapeau, la tête de Bulle heurte la balustrade et le garçon parvient tout juste à s'agripper à elle, avant que la langue visqueuse ne se rétracte. La tête lui tourne et il voit trente-six chandelles, mais il tient bon et, au prix d'un terrible effort, réussit à mettre un pied sur la balustrade. Puis il parvient à se hisser jusqu'à la rambarde et se laisse retomber de l'autre côté. Une fois qu'il a repris son souffle, il s'approche en catimini de la porte du balcon et jette un coup d'œil furtif à l'intérieur.

La pièce est vide.

À moins qu'il n'y ait une douzaine de caméléons lunaires camouflés en bureau, fauteuil, étagères de livres, globe, canapé rococo, lampe, tapisserie ou portrait d'un caniche grand format accroché au-dessus du bureau.

La musique vient apparemment d'une pièce contiguë, dont la porte doit être entrebâillée. Il entend des voix et des rires étouffés. Comme aucun des meubles ne bouge ou ne fait mine de lui sauter dessus, Bulle s'enhardit et entre.

– C'est parfait, Göran, dit quelqu'un à voix haute dans la pièce voisine.

– Oui, chef, répond une petite voix stridente.

Un bruit de crissement, comme des griffes contre un tronc d'arbre, se rapproche. Bulle se jette sous le bureau et se fait tout petit.

La porte s'ouvre alors en grand.

De sa cachette, Bulle aperçoit seulement les jambes de celui qui est entré. Elles sont recouvertes de poils gris clair et se terminent par des pieds incroyables. Il comprend mieux la nature du bruit qu'il a entendu : les ongles de pieds affreux qu'il aperçoit n'ont jamais été coupés. Ce sont les plus longs et les plus laids que Bulle ait jamais vus, et ils ressortent d'une paire de chaussettes de tennis usées complètement trouées. Ils sont tellement incurvés qu'ils griffent le parquet à chaque pas. La créature se dirige ensuite vers la porte du balcon, qui se referme avec un claquement. Puis elle se penche pour mettre le loquet du bas et Bulle aperçoit alors quelque chose d'encore plus laid que les ongles des orteils : sous une longue queue souple, il voit un derrière tout nu et poilu avec des excroissances de chair si horribles que les ongles des pieds sont presque jolis en comparaison : l'amas rose ne peut être qu'une chose, des hémorroïdes géantes. Ça ne doit pas être commode pour s'asseoir et ça doit démanger terriblement.

La créature ramasse quelque chose sur le balcon et renifle bruyamment avant de marmonner d'un ton mécontent :

– De la merde ? Qu'on torture la femme de ménage !

De la merde ? Bulle regarde ses pieds avec effroi et remarque sous sa semelle un petit pâté marron aplati caractéristique. Il a marché sur une crotte dans les égouts !

Il entend des reniflements, puis de nouveau le crissement des ongles des orteils, qui se rapproche. Il retient son souffle. Ouf ! le bruit s'éloigne, la créature est retournée dans la pièce d'à côté. Le petit garçon pousse un soupir de soulagement, car il ne doute pas une seconde que ce qu'il vient de voir, peu d'autres personnes l'ont vu avant lui : c'est le terrible caméléon lunaire.

Il se lève pour déguerpir. Sa mission est remplie : ils savent où se cachent les caméléons lunaires. Désormais, il doit se mettre à l'abri. Mais ses yeux tombent sur le bureau où, à côté du portrait amusant de plusieurs babouins, se trouve un document épais. Bulle s'arrête net. Sur la page de couverture, il y a tamponné en grandes lettres capitales rouges :

TOP SECRET

Le tampon est appliqué sur le titre du document. Il lit :

PLAN D'INVASION DU DANEMARK
(ce petit pays de merde !)
ET DU RESTE DU MONDE.
Plan établi par Göran Clason,
commandant en chef de l'armée des Gaufres Volantes.
Traduit du suédois par le lieutenant Tandoora Hansen.

Bulle sait qu'il doit ficher le camp, mais c'est précisément ce genre de documents que les super espions veulent dérober, dont ils rêvent même de s'emparer, parfois toute une vie ! Bulle regarde tour à tour la porte du balcon, en pensant à Gregor qui l'attend, et le document TOP SECRET. Puis il se met à le feuilleter et lit :

PLAN DANS LES GRANDES LIGNES

Le plan est d'envahir le Danemark (ce petit pays de m...e !). La première étape (voir chapitre 1) consiste à placer une bombe au cœur de ce pays, là où ça fera le plus de dégâts, dans le parc d'attractions de Legoland à Billund (cette petite ville de m...e), pour faire voler en éclats toutes les constructions en Lego.

Après quoi, nous laisserons aux Danois la possibilité de se rendre avant que la situation empire (voir chapitre 2). Alternative 1 : Ils se rendent, rejoignent l'Union norvégienne et ensemble nous déclarons la guerre à l'Islande (ce pays de m...e encore plus petit !) (voir chapitre 3).

Alternative 2. C'est pire. Nous anéantissons les Danois, en laissant les Norvégiens, qui sont encore plus bêtes qu'eux, les réduire en pièces. Pour ce faire, nous recourons à notre cher père et bienfaiteur Jodolf Staler, lequel, camouflé en idiot sous le nom de Hallvard Tenoresen, les plonge sous hypnose au moyen des chœurs quotidiens à l'heure du grand sommeil – euh ! je veux dire de grande écoute (voir chapitre 4). Bientôt, le peuple norvégien (ce petit peuple de m...e) sera d'accord pour tuer sa propre grand-mère si Jodolf Staler le commande ! Ceux qui ne sont pas prêts à tuer leur grand-mère – ou une grand-mère danoise – finiront dans le moule à gaufres (voir chapitre 5).

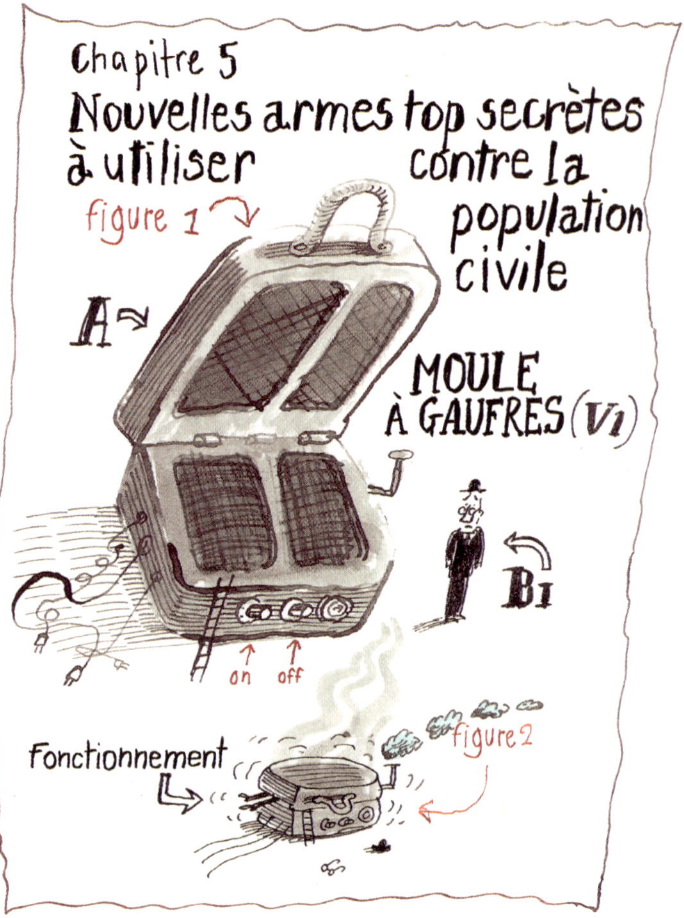

« Moule à gaufres ? » songe Bulle en feuilletant le document jusqu'au chapitre 5 qui a pour titre : NOUVELLES ARMES TOP SECRÈTES À UTILISER CONTRE LA POPULATION CIVILE. MOULE À GAUFRES, et qui comporte un croquis.

Bulle tourne la page et continue de lire. Il sent tous ses poils se dresser. Il avait beau savoir – comme c'était précisé dans le livre de son grand-père – qu'il ne fallait s'attendre à rien de bon des caméléons lunaires, ce qu'il découvre dépasse l'entendement. C'est si affreux, si hyperaffreux qu'il doit se frotter les yeux et relire le chapitre. Mais le choc est tout aussi grand.

Au même instant il entend des voix s'élever dans la pièce voisine et des pas se rapprocher. Il se jette alors sous le bureau quand la porte s'ouvre.

– Attrapez-le ! dit en grognant une voix qu'il croit reconnaître.

– Ne laissez pas échapper la créature humaine, renchérit une voix de femme.

– Qu'on le torture, oui ! Qu'on le fasse souffrir ! Je le veux, c'est un ordre ! crie l'homme.

Puis la voix familière claque de nouveau :

– Ta gueule, Göran.

Bulle se recroqueville ; il n'a nulle part où s'enfuir. Et si ce qu'il avait lu correspondait à la réalité, si ce qui l'attendait était bien pire que les devoirs supplémentaires donnés en punition et les engueulades. Il ferme les yeux.

Il ne les rouvre quand il sent un courant d'air froid et que les trois voix se sont un peu éloignées. Puis il risque un œil en dessous du bureau. De l'autre côté du balcon maintenant ouvert, il aperçoit trois postérieurs roses avec leur grappe d'hémorroïdes penchés par-dessus la balustrade...

– C'est lui ! crie la dame. Là-bas près du mur ! Gardes, saisissez-vous de lui avant qu'il n'arrive à la bouche d'égout !

Bulle entend un remue-ménage dans la cour et des bruits métalliques qui lui font penser à des épées qui se croisent et à des dents qui grincent, puis clairement, un *hic !*

– Là, oui ! hurle la voix de crécelle. Serrez bien le nœud ! Faites encore plus mal ! Qu'on le torture ! Je le veux, c'est un ordre !

– Boucle-la, Göran. Il va aller au moule à gaufres. Pas besoin de tergiverser. Tu t'en occupes, Tandoora ?

– À vos ordres, général Staler.

Les trois créatures se redressent ensemble, se retournent et rentrent dans la pièce, tandis que Bulle disparaît aussitôt sous le bureau.

– On en était où, Göran ?

– Vous vouliez sauter une étape de mon plan, à savoir le bombardement de Legoland.

– Oui. Pas besoin de préambules, on envahit tout de suite le Danemark. Mercredi prochain, compris ?

– À vos ordres, général Staler.

Lorsque les monstres sont partis dans la pièce voisine et ont refermé la porte derrière eux, Bulle entend encore sa propre respiration battre dans ses oreilles, comme s'il venait de courir un dix mille mètres sur de mauvais skis.

Bulle n'a fait qu'entrevoir le visage du caméléon lunaire à la voix grave, mais il sait à présent trois choses :

1. Il a vu le visage du mal.
2. Gregor est en danger, puissance vingt.
3. La fin du monde est proche.

– Vous croyez qu'il leur est arrivé quelque chose ? demande Lise en claquant des dents et en regardant sa montre.

– J'espère bien que non, marmonne le professeur Séraphin, à genoux à côté de la bouche d'égout, en écoutant les bruits qui viennent du bas.

– Qu'est-ce que t'en penses, Perry, hein ? dit Lise en tournant la tête vers son épaule, où l'araignée était un peu plus tôt.

Mais l'araignée vampire à sept pattes du Pérou n'est plus là. Elle aussi a disparu... Puis la fillette la découvre par terre, au milieu des bris de verre du flacon contenant la boisson énergétique du professeur Séraphin. Elle se penche pour la ramasser.

– Les disparitions, ça suffit pour aujourd'hui, dit-elle en fourrant Perry sous son bonnet.

– Rentre à la maison et mets-toi au chaud avec Perry, lui conseille le professeur Séraphin. Je vais rester seul ici à les attendre.

– Pas question, proteste Lise. Je reste jusqu'au retour de Bulle.

Le professeur soupire.

– Mais s'il...

– Ne dites pas cela ! le coupe la fillette. Je sais que Bulle reviendra. Il m'a promis qu'il reviendrait toujours. Et même s'il ne tient pas toutes ses promesses, il a pour habitude de respecter celles qui sont importantes.

Séraphin la regarde sans un mot. Et Lise sent une larme perler au coin de ses yeux. Ça lui arrive parfois, quand elle est très fatiguée ou très triste.

– Voyons, ma petite, dit le professeur.

– Vous croyez, reprend Lise en sentant sa gorge se nouer, que nous... un jour...

Elle avale sa salive dans l'espoir de faire descendre les sanglots qui veulent sortir.

– Reverrons... ?

Lise sait qu'elle va éclater en larmes si elle prononce son prénom, mais elle prend son courage à deux mains et tente de le dire quand même.

À cet instant précis, une voix qu'elle connaît bien crie du fond du trou, sous la plaque d'égout :

– Tu veux dire l'agent zéro zéro un million, espion caméléon ?

– Bulle ! s'exclament Lise et le professeur en même temps.

CHAPITRE 17

Le chapitre le plus court – ou presque

Par une belle matinée, sur les bancs de l'avenue Karl-Johan, des gens en doudounes profitent des premiers rayons du soleil, le visage souriant, les yeux fermés, rêvant peut-être du printemps et de l'été. Et, qui sait, de la nouvelle Union norvégienne... Mais tout au fond du salon de thé Syvertsen, Lise, le professeur Séraphin et Mme Strobe, les traits du visage tirés, ne perdent pas une miette des paroles de Bulle :

– Des dents acérées comme des lames de rasoir, chuchote-t-il en montrant ses petites dents à lui toutes normales. Le museau prognathe, ajoute-t-il en avançant la mâchoire inférieure, et des yeux noirs et inexpressifs, très enfoncés dans leurs orbites, sous des sourcils broussailleux. Comme ça, dit-il en plissant son front au maximum et en louchant.

Lise doit se retenir d'éclater de rire, même si Bulle lui a déjà décrit la veille à quoi ressemble un caméléon lunaire.

– Bref, reprend-il la mâchoire inférieure toujours en avant, ils ressemblent tout à fait à des babouins. Et ils parlent suédois.

– Ça correspond aux rumeurs qui circulaient il y a longtemps. On disait que les caméléons lunaires étaient partis en Suède pour lancer une guerre de là-bas, confirme le professeur Séraphin. Ils ont essayé pendant plusieurs années, mais les Suédois n'avaient pas envie d'être en guerre avec qui que ce soit. Les Suédois détestent les disputes et ils ont une peur bleue d'être en mauvais termes avec autrui. Même l'hypnose n'a pas marché sur eux. Ces caméléons lunaires ont donc grandi en Suède.

– J'ai reconnu la voix de l'un d'entre eux, ajoute Bulle. C'était celle de Hallvard Tenoresen.

Le silence tombe autour de la table, tandis qu'ils regardent toujours la tête de babouin que fait Bulle, qui tient à ce que chacun comprenne bien à quoi ils ressemblent.

– L'important, déclare le professeur Séraphin, ce n'est pas comment ces caméléons lunaires parlent ou de quoi ils ont l'air, même si c'est affreux en soi. Mais c'est qu'ils sont venus en Norvège pour mettre à exécution leurs plans effroyables.

Un son sort du bonnet de Bulle, une sorte de petit *hic !*

– Ah, le pauvre, pauvre, pauvre..., commence Mme Strobe – Lise compte encore quatre autres « pauvre » avant que la maîtresse pourtant si sévère d'habitude ajoute avec un soupir dans la voix : Gregor...

– Oui, dit Séraphin. Et pauvre, pauvre monde ! S'il savait ce qui l'attend ! Explique-leur, Bulle.

– Eh bien, annonce Bulle en s'éclaircissant la voix. Ils ont établi un plan selon lequel, mercredi prochain, la Norvège doit déclarer la guerre au Danemark. Ensuite, il est prévu que cette guerre se propage par l'Islande, l'Irlande, la péninsule Ibérique, l'Inde jusqu'en Iran et qu'elle touche aussi Israël, l'Irak...

– Fais-nous la version courte, le prie Séraphin.

– D'accord. Les caméléons lunaires veulent déclencher une guerre mondiale pour qu'un maximum de gens meurent.

– P-pourquoi ? s'interroge Mme Strobe au bout d'un moment.

– Parce que c'est leur seul moyen de subsistance : ils mangent les hommes.

– Ils *mangent* les hommes ?

– Oh ! ils ne sont pas les premiers à le faire, explique Bulle. Les crocodiles marins, les pythons, les ours polaires, et au moins la moitié des animaux du livre *L.A.Q.O.A.P.Q.I.N.P.* le font. Nous ne sommes que des protéines, vous savez. Des hamburgers sur pattes. Le problème, c'est que les caméléons lunaires vont avoir très vite besoin de beaucoup de viande. C'est pourquoi tout cela arrive maintenant.

– Pourquoi ont-ils besoin soudain de plus de nourriture ?

Bulle montre la lune du doigt.

– Leurs familles sont restées là-haut. Mais les vivres commencent à manquer. Alors ils ont planifié de faire venir ici toute leur smala de pique-assiettes. Le seul hic, c'est que leur nourriture, c'est nous.

– Mais c'est épouvantable !

– Je ne vous le fais pas dire ! Pour eux, c'est comme quand nous on se réunit autour d'un bon méchoui. Pour nous, c'est de l'agneau, un point c'est tout, ce n'est que de la nourriture.

– Sauf qu'ils ont décidé qu'on allait d'abord s'entre-tuer, en pensant que ce serait toujours ça de moins à faire pour eux, dit Lise.

– Faut dire que c'est plus pratique, renchérit Bulle.

– Et comment pensent-ils, s'inquiète Mme Strobe qui cherche le mot juste, ... *accommoder la nourriture* ?

– J'ai vu des dessins de moules à gaufres. De grands moules, un peu comme ceux pour faire griller...

– Les croque-monsieur, complète le professeur Séraphin.

– Mon Dieu ! s'exclame Mme Strobe, qui ajoute d'une toute petite voix à peine audible : ... Gregor !

Tous se taisent. On n'entend plus à l'extérieur que les voitures, les trams et une radio où passe une chanson qui célèbre le soleil, le printemps et le chant des oiseaux.

Les quatre amis de la bande des Cinq Vincibles se retrouvent avenue Karl-Johan, leurs regards fixés sur le Château, tandis que les gens les dépassent à droite et à gauche. Bulle se tourne vers le professeur Séraphin :

– Vous devriez inventer un char qui traverserait les murs pour que nous puissions délivrer Gregor.

– Une telle invention prendrait trop de temps, explique Séraphin, et reviendrait très cher. Est-ce que tu sais seulement ce que coûtent les pneus d'hiver pour des chars ? Sans parler du ventilateur pour chasser les odeurs et...

Lise l'interrompt :

– On n'aura pas le temps d'ici à mercredi prochain.

– Précisément, dit Séraphin. Nous sommes obligés de recourir aux mêmes armes que les caméléons lunaires.

– C'est-à-dire ?

– La manipulation. Jodolf Staler hypnotise les gens pour obtenir d'eux ce qu'il veut, n'est-ce pas ? Eh bien, nous devons trouver quelqu'un qui raconte aux gens que ce Jodolf Staler ne raconte que des mensonges, et que nous n'avons aucune raison de déclarer la guerre au Danemark.

– Un hypnotiseur ? demande Bulle. Cool !

– Non. Une personne que tout le monde écoutera.

– Les gens ne veulent écouter que Tenoresen, soupire Lise.

– Non, il y a quelqu'un d'autre, insiste Séraphin.

– Je crois savoir à qui vous pensez, dit Mme Strobe en hochant la tête.

– Qui ça, qui ça ? s'impatiente Bulle.

Mme Strobe regarde le Château.

– Vous ne vous rappelez pas, dans votre cours d'histoire, quelle personne les Norvégiens ont écoutée pendant la Seconde Guerre mondiale ?

– Le roi, répond Lise.

– Correct, dit Séraphin. Nous devons aller au Sud-Trøndelag et persuader le roi de convaincre son peuple de se convaincre lui-même de ne pas écouter Jodolf !

Le professeur hume l'air.

– Et ça urge !

Lise hume l'air à son tour. Ce n'est peut-être qu'une impression, mais il lui semble que ça commence à sentir les gaufres.

– L'urgence, ça signifie aussi qu'on doit utiliser ma MAS.

– Ce qui veut dire ? demande Mme Strobe.

– Moto Avec Side-car. Il n'y a pas une minute à perdre. Mettons-nous en route pour le Sud-Trøndelag.

– Mais, objecte Mme Strobe, nous ne pourrons pas tous tenir sur une moto avec un side-car...

– Vous ne l'avez pas encore vue, madame Strobe, dit Séraphin. Venez !

CHAPITRE 18

Side-car et passeur

Dans le jardin du professeur, Lise, Bulle, Séraphin et Mme Strobe déblaient la neige pendant vingt bonnes minutes avant d'apercevoir quelque chose qui ressemble à une moto.

– Ça va aller, dit le professeur Séraphin qui creuse un trou dans lequel il disparaît complètement.

Le silence se fait, entrecoupé d'un *hic !* sous le bonnet de Bulle. Trois minutes plus tard, on entend une explosion sous la neige. Puis encore une. De la fumée s'élève du trou puis, après plusieurs détonations, le moteur démarre cahin-caha en toussotant et la vieille moto sort de la congère. Elle fait un bruit absolument assourdissant, mais elle a le plus beau et le plus grand side-car qu'on ait jamais vu : rond comme une demi-citrouille, peint en jaune, il est orné de moulures en arabesques, et à l'intérieur, il possède dix sièges en velours rouge, soit assez de place pour un petit orchestre.

– Grands dieux ! s'écrie Mme Strobe dont la voix couvre le vacarme. Mais qu'est-ce que c'est ?

– Une loge de théâtre ! crie le professeur Séraphin non sans une pointe de fierté. Je l'ai achetée quand ils

ont démoli le Goethe Volkstheater à Leipzig. J'ai eu les sièges avec !

– C'est... incroyable ! s'émerveille Mme Strobe. Mais quel bruit !

– Ce n'est pas du bruit, rectifie Bulle les yeux fermés, en claquant la langue. C'est un parfait « la » dièse. Vous avez de la chance : c'est un moteur musical.

– Le moteur provient de l'ancienne Allemagne de l'Est et la carrosserie est mexicaine ! explique Séraphin en forçant la voix pour couvrir le caquètement déchaîné des deux cylindres.

Il sort une poignée de lunettes de plongée d'une poche sur le côté.

– Mettez ça et montez à bord !

– En place, tout le monde ! lance Bulle, déjà aux avant-postes.

Une fois que tous se sont assis, avec chacun sa paire de lunettes de plongée sur les yeux qui leur fait voir le monde un peu plus jaune, plus bleu ou plus rouge selon la couleur du plastique, le professeur Séraphin tourne la poignée de l'accélérateur. Et la moto file en soulevant une gerbe de neige derrière elle.

Quelqu'un crie :

– Youpiiiii !

Je n'ai pas besoin de vous dire qui c'est ?

Ils roulent pendant des heures, traversent des villes comme Hamar, Elverum et Koppang, et arrivent soudain devant un panneau « DOUANE ». Il y en a aussi un autre, marqué « DOUAN ».

– Cela signifie que nous sommes arrivés à la frontière du Sud-Trøndelag, déclare Séraphin en se tournant vers les autres assis sur leurs fauteuils de velours rouge qui n'arrêtent pas de gesticuler et chantent à trois voix pour se tenir chaud.

– Stop ! crie Lise.

Effectivement, un peu plus loin, au niveau de deux panneaux indiqués « STOP », deux hommes en uniforme leur font signe de s'arrêter. L'un a une grosse mâchoire prognathe et une masse de cheveux noirs bouclés sous sa casquette. L'autre a un visage poupin avec des yeux de merlan frit et quatre longs cheveux, pas un seul de plus, qui sont rassemblés en un S au milieu du front.

– Est-ce que ce sont des habitants du Sud-Trøndelag ? chuchote Lise.

– Ils ont des uniformes norvégiens, ce sont donc des Norvégiens du Trøndelag, dit Séraphin. Je me charge de leur parler, d'accord ?

Lise et Mme Strobe hochent la tête.

Le professeur se racle la gorge.

– Tu as entendu, Bulle ?

– Oui, j'ai entendu, soupire Bulle qui aurait préféré prendre les devants.

Le professeur freine et la moto s'immobilise. Les deux douaniers s'approchent d'eux.

– Vous allez jusqu'où comme cha ? demande le garde avec la grosse mâchoire inférieure.

– Au Sud-Trøndelag, répond Séraphin.

– Vous voyez pas que la frontière est fermée ? dit le garde aux yeux de merlan frit en leur montrant une barrière au milieu de la route.

– Si, s'enquiert le professeur, mais où est le problème ?

– Y'a pas de problème, tant que vous n'essayez pas de chortir en douce de Norvège pour entrer dans le Chud-Trøndelag, prévient l'un.

– Parce que là ch'est vous, et pas nous, qui aurez un problème, renchérit l'autre.

– Cha, ch'est bien dit, approuve l'un.

– Merci, dit l'autre en se campant sur ses deux jambes et en glissant ses pouces dans les passants de sa ceinture.

– Que voulez-vous dire ? demande Séraphin en remontant ses lunettes de plongée sur le front.

– Vous êtes chourd ou quoi ? s'énerve le douanier aux yeux de merlan frit. Le président Tenoresen a décidé qu'il est strictement interdit de quitter la Norvège. Cheux qui tenteront de le faire cheront condamnés pour haute trahison et écoperont de la peine de mort. Par décapitation, je crois.

– Et chi vous trouvez quelqu'un qui veut vous faire passer clandestinement, lui aussi chera condamné à mort, précise le douanier à la grosse mâchoire.

– Au moins ! confirme celui à la face de poisson.

– Et où pouvons-nous trouver un passeur ? se renseigne Séraphin.

– Troisième chentier forestier à droite du sapin. Une maison rouge avec une boîte à lettres verte. Vous ne pouvez pas vous tromper. Chaluez-le de notre part et dites-lui qu'il risque la peine capitale.

– Je n'y manquerai pas, répond poliment Séraphin en repartant en sens inverse et en donnant un coup d'accélérateur qui fait gicler la neige sur les bas-côtés.

– T'as vu un peu son chide-car ? dit le douanier en essuyant la neige qui lui a éclaboussé la mâchoire.

– On doit pouvoir y mettre tout un petit orchestre, opine l'autre à la face de poisson.

– On dirait qu'ils bifurquent et qu'ils s'engagent chur le troisième chentier à droite, constate le premier.

– Brr..., il fait un froid de canard aujourd'hui, dit soudain le second en faisant de grands mouvements de bras pour se réchauffer. Qu'est-che que tu dirais d'un petit café, Lars ?

– Je ne m'appelle pas Lars. Mais pourquoi pas un petit café, docteur ?

– Je ne chuis pas docteur, mais bon, si on che prenait un café avec une petite goutte dedans, hein ?

– D'accord, face de morue.

Le passeur s'appelle Kaasa et il est si âgé que son visage ressemble à une pile de crêpes, tellement il est ridé. Son vieux corps craque de partout quand il marche devant eux dans la neige et les guide à travers la forêt. Après s'être mis d'accord sur un prix, ils ont rangé la moto dans la grange et se sont mis aussitôt en route.

– C'est vraiment gentil de votre part de nous faire passer dans le Sud-Trøndelag, monsieur Kaasa, dit Séraphin.

– Taisez-vous ! chuchote Kaasa qui tousse, crache dans la neige et regarde la ligne de haute tension qui va d'un pylône gigantesque à l'autre, loin au-dessus des cimes des arbres. Il faut rester silencieux, c'est assez risqué de

passer la frontière, vous savez. S'ils nous voient, ils nous tirent dessus.

– Mon Dieu ! murmure Mme Strobe. Qu-qui ça ?

– Les habitants du Sud-Trøndelag. Ou les Norvégiens du Trøndelag. Chut !

Ils s'arrêtent net et retiennent leur souffle. Kaasa porte la main à son oreille. Le son vient du fond des bois.

– *Cou-cou, cou-cou...*

– Un coucou, chuchote Lise.

– Mais avec un fort accent du Sud-Trøndelag, non ? dit Kaasa.

Ils tendent à nouveau l'oreille.

– *Cou-cou, cou-cou...*

– Je n'entends pas la différence avec un coucou norvégien, fait remarquer la fillette.

– Parce que votre oreille est inexpérimentée. Mais nous autres, on a l'ouïe plus fine et d'autres dons innés. On est sur la bonne voie.

Il se redresse et reprend sa marche, tandis que ses os et ses articulations craquent à chaque pas.

– Quels sont donc ces dons innés ? veut savoir Bulle.

– Oh, répond Kaasa. Il y a un peu de tout. On est un peu médiums, c'est-à-dire qu'on voit ce qui va arriver. On a aussi le pouvoir de guérir toutes sortes de maladies par imposition des mains. Et puis on a des rhumatismes qui nous annoncent si on aura beau temps ou un risque d'avalanche. Enfin, il n'y a pas vraiment de quoi se vanter...

– Et qu'est-ce que vous voyez maintenant ? demande Lise.

– Je vois, dit Kaasa en plissant les yeux, je vois... que le soleil se lèvera demain matin à exactement sept heures cinquante-trois. Et je sais que tu rencontreras bientôt quelqu'un qui aura une grande importance dans ta vie.

– Ce doit être le roi ! s'exclame Lise.

– Vous voyez ! J'ai le don de voyance, constate Kaasa tout content.

– Que pensez-vous de la fin du monde ? lance Bulle. Vous avez eu de ses nouvelles ces derniers temps ?

– Oh, la fin du monde... Ça va, ça vient, répond Kaasa. Bon, voici le Sud-Trøndelag.

Ils sont sortis de la forêt et débouchent sur un paysage dégagé. Ils comprennent tous qu'ils sont arrivés, car devant eux coule un fleuve et sur l'autre rive, sous la ligne à haute tension, se trouve une maison avec une banderole où est écrit :

GRAND CHOIX DE DELTAPLANES,
ACHETEZ MAINTENANT !
(PRIX RÉDUITS TRÈS INTÉRESSANTS,
VOUS VERREZ)

– C'est bien beau tout ça, déclare le professeur Séraphin, mais comment on fait pour passer de l'autre côté ?

Il montre du doigt le fleuve verdâtre, étonnamment large et profond – et sans aucun doute glacé. Aucun pont en vue, ni en aval ni en amont.

– Ah, ça je ne sais pas ! dit Kaasa en se fourrant un doigt dans le nez et en faisant craquer sa narine.

– Mais enfin, on vous a payé pour que vous nous emmeniez jusqu'au Sud-Trøndelag !

– Oui, et je vous ai montré le chemin. Ce n'est pas si difficile d'ailleurs, il suffit de suivre la ligne de haute tension.

Ils lèvent les yeux et voient effectivement la ligne traverser le fleuve jusqu'au pylône de l'autre côté et continuer à l'intérieur de la République du Sud-Trøndelag. De l'autre côté, évidemment, il y a une barque amarrée avec des rames à l'intérieur, rien que pour les narguer et les mettre en rogne.

– Faut pas perdre courage, dit Kaasa. Je vous ramène à votre moto pour la moitié du prix que vous avez payé pour venir jusqu'ici, ça vous va ?

– Non merci ! s'écrie en chœur la bande des quatre.

– Dans ce cas, bonne chance ! leur lance Kaasa.

Sur ce, il leur tourne le dos et s'enfonce dans la forêt en reprenant le même chemin.

– Qu'est-ce qu'on fait maintenant ? soupire Mme Strobe.

Ils s'assoient dans la neige en se demandant comment arriver sur l'autre rive.

– Et si on y allait à la nage ? suggère Lise.

Le professeur Séraphin secoue la tête.

– Le courant est trop fort et l'eau trop froide. Il ne nous reste plus qu'à suivre la ligne de haute tension, comme Kaasa l'a dit. Mais qu'est-ce que tu fabriques, Bulle ?

– Je cherche quelque chose, marmonne Bulle la tête fourrée dans son sac à dos, ... ça !

Il brandit fièrement une paire de baskets orange et rouge.

– Mais ce sont mes chaussures d'équilibriste ! s'écrie le professeur Séraphin.

– Oui, je les avais emportées au cas où.

Le petit garçon les chausse sous le regard médusé des trois autres... qui commencent à comprendre. Lise voit le professeur regarder la ligne électrique qui franchit le fleuve.

– Non..., lâche Lise.

– Tu ne veux quand même pas..., bredouille Séraphin.

– Passer... de l'autre côté avec ça..., complète Lise.

– Excusez-moi, mais de quoi parlez-vous ? intervient Mme Strobe. C'est quoi, ces drôles de chaussures de boxe ?

– Ce sont les chaussures d'équilibriste du professeur Séraphin. Et grâce à elles, je vais passer de l'autre côté pour ramener la barque jusqu'à vous.

– Dans ce cas, c'est à moi d'endosser cette responsabilité, déclare Séraphin.

– Vous sentez ? dit Bulle qui a léché son index avant de le lever. Il y a du vent. Ce qui signifie que des personnes de grande taille ne pourront pas tenir longtemps là-haut. On a besoin de quelqu'un de petit, et de préférence avec les cheveux rouges.

– Hum..., réfléchit Séraphin en considérant les cimes des arbres qui se balancent.

– Ça peut marcher, affirme Lise.

Les regards de Mme Strobe vont du professeur, à Lise et enfin à Bulle, puis vers la ligne de haute tension.

– Je crois, dit-elle lentement, que vous êtes tous les trois complètement raides cinglés.

– Sur ce point précis, je dois dire..., sourit Séraphin.

– Qu'il n'y a..., rit Lise

– Aucun doute ! achève Bulle.

CHAPITRE 19

Un exercice de funambulisme

Le vent siffle autour des oreilles de Bulle. Très concentré, il pince la bouche, étend les bras sur le côté et regarde droit devant lui, tandis qu'il met doucement un pied devant l'autre. Un coup de vent menace de le faire basculer dans le vide, mais ses chaussures sont pour ainsi dire aimantées à la ligne électrique sur laquelle il marche.

Quand il retrouve l'équilibre, son bonnet fait un petit saut sur sa tête.

– Arrête ce hoquet, Perry ! chuchote Bulle. J'essaie de rester concentré !

Il regarde en bas.

« Surtout ne pas regarder en bas ! » se sermonne-t-il en relevant les yeux aussitôt.

Trop tard... Il a le vertige, car il a juste eu le temps d'apercevoir la distance qui le sépare de la surface de l'eau sous lui. Le fleuve noir. Noir comme le bitume. Contre lequel il se fracasserait s'il tombait de cent mètres de haut. Bulle

se rappelle ce que lui avait raconté son grand-père, la fois où il était marin et faisait une escale à San Francisco. Avec le barreur, il avait voulu sauter du Golden Gate pour prendre un bain, parce qu'il faisait très chaud. Mais ils n'avaient qu'un maillot de bain pour deux, un bleu, dans lequel ils flottaient tous les deux. Alors, ils avaient tiré au sort pour savoir qui l'aurait en jouant à pierre, feuille, ciseaux. Son grand-père avait choisi feuille, et l'autre pierre. C'était du temps où la feuille l'emportait sur la pierre, mais cela n'avait pas empêché le second d'enlever sa casquette de second, d'enfiler le maillot trop grand pour lui, de grimper sur le parapet du pont et de sauter dans le vide. Son grand-père avait alors regardé son corps devenir de plus en plus petit, et compris trop tard que c'était beaucoup plus haut qu'ils ne l'avaient pensé. Et quand le barreur avait touché la surface de l'eau, il avait aussi compris qu'elle était beaucoup plus dure qu'il ne l'aurait cru. Bref, le barreur était mort. De lui, il n'était resté que son maillot bleu, flottant à

la surface. Bulle avait souvent pensé à ce qui serait arrivé si c'était son grand-père qui avait sauté ce jour-là : il n'aurait jamais rencontré grand-mère, ils n'auraient pas eu son papa, et Bulle ne serait pas né. Qui sait, au fond, si cela n'aurait pas été mieux ?

Voilà les pensées qui traversent l'esprit du petit garçon à l'instant précis où une nouvelle bourrasque menace de le faire tomber. Il oscille et peut apercevoir, ici et là, les crêtes d'écume blanche à la surface du fleuve noir.

Bulle plie les genoux, fait de son mieux pour garder l'équilibre et attend que la ligne n'oscille plus. Mais le chemin est encore loin jusqu'à l'autre rive et le vent ne faiblit pas. Il se demande comment il va réussir son pari, avec ou sans chaussures d'équilibriste. Hélas ! il n'a pas d'autre choix que d'avancer à tout prix. Mettre le pied droit devant le pied gauche. Puis le pied gauche devant le pied droit. Tout à coup, ça va mieux. Le vent s'est-il calmé ? Bulle entend alors une voix crier au loin. C'est Lise qui l'encourage, de la rive. Mais il ne faut surtout pas qu'il se retourne, il doit se dépêcher. Il presse le pas, déplace ses pieds encore plus vite l'un devant l'autre en ligne droite.

Le calme est revenu.

« Oh, ça va le faire ! », exulte-t-il, quand soudain, il entend un bruissement monter de la forêt. Du coin de l'œil, il aperçoit les sommets des grands sapins près de la rive du fleuve onduler comme des vagues au gré des assauts du vent. Bulle sait alors qu'il est perdu. C'est comme si le vent avait retenu son souffle pour le libérer

d'un coup et balayer ce petit impertinent aux cheveux rouges de ces hauteurs où il n'a rien à faire. Bulle se recroqueville légèrement ; la première bourrasque est telle qu'elle lui arrache son bonnet orange. Il le voit virevolter dans l'air avant de retomber, tel un minuscule point sur la neige. Mais la deuxième bourrasque le fait carrément tourner deux fois autour de la ligne de haute tension avant que la troisième et dernière, encore plus forte, l'envoie valdinguer dans les airs.

– Aaahh ! hurle Bulle en tombant.

– *Hic !* hoquette Perry.

La ligne haute tension au-dessus d'eux s'éloigne et la surface de l'eau se rapproche à vitesse grand V...

– Double aahh ! crie Bulle.

– *Hic hic !* renchérit Perry.

Car tous deux savent ce qui les attend et ce qu'ils vont devenir. Une crêpe avec de la confiture de fraises.

Bulle ferme les yeux.

Les tient fermés.

Il attend.

Et attend.

Et attend encore.

Mais quand va-t-il enfin s'écraser ?

La lenteur de sa chute signifie que le choc à l'arrivée sera encore plus terrible...

Alors, ça vient ? Oui, qu'on en finisse une bonne fois pour toutes !

Mais non, rien.

De quelle hauteur est-il tombé au fait ? Car, à vrai dire, il commence à trouver le temps long... À moins... qu'il ne soit déjà mort ?

Bulle ouvre prudemment un œil. Il continue à apercevoir le fleuve tout en bas, mais l'eau ne se rapproche pas. Au contraire, elle a même l'air de s'éloigner un peu. Étrange. C'est comme si quelque chose le retenait autour des hanches, comme s'il était attaché à un harnais.

Bulle se tord d'un coup sec et lève la tête.

Il n'en croit pas ses yeux : un fil ténu le retient. Et juste au-dessus de lui, il aperçoit Perry. Il a été sauvé *in extremis* par un fil d'araignée !

– Ohé ! crie Bulle. Est-ce que je rêve ?

– *Hic !* répond Perry.

– Je suis suspendu dans le vide au bout d'un fil que tu as tissé, Perry ? C'est fou !

Mais avant que Perry puisse répondre, le vent recommence à faire des siennes et se met à les balancer tous deux d'avant en arrière, comme s'ils étaient dans une balançoire accrochée au-dessus du fleuve. Et le fil tient bon ! Finalement, Bulle trouve que la vie est épatante et il commence même à s'amuser de la situation. Puis il se rappelle que l'avenir du monde est menacé et qu'il doit agir. Il aimerait bien savoir comment un fil d'araignée vampire à sept pattes du Pérou est capable de tenir un garçon aussi musclé que lui, doté d'un cerveau aussi surdimensionné que le sien, mais décide qu'il y réfléchira plus tard.

– Perry ! crie Bulle. Est-ce que tu peux faire le fil encore plus long ?

Ce n'est pas un problème pour Perry. Ils sont à présent juste au-dessus du fleuve et Bulle balance ses jambes. Son corps se rappelle bien les mouvements qu'il faut faire sur une balançoire, et il tend puis replie ses jambes en arrière, avant de prendre de l'élan et de repartir vers l'avant. Il décrit un arc de cercle de plus en plus grand. Au bas de la courbe, Bulle touche presque l'eau avec ses pieds, tandis que ses oreilles sifflent quand il remonte. Et enfin, la bourrasque suivante pousse Bulle et Perry dans le dos jusqu'à l'autre rive.

– Lâche ! crie Bulle.

Perry fabrique à la seconde encore plus de fil pour que Bulle puisse atteindre le sol.

– Hourra ! s'écrie Bulle en atterrissant dans la neige moelleuse sur la rive.

Puis il tire sur le fil. Perry a dû le couper, car toute la longueur descend d'un coup. Bulle se précipite vers la barque, la pousse dans l'eau, saute à bord et place les

rames dans les tolets. Tout en ramant, il ne quitte pas des yeux Perry, assise sur le banc devant lui.

– Génial ! s'exclame Séraphin quand la barque arrive et qu'il aide les autres à monter à bord.

– Fantastique ! renchérit Mme Strobe en pinçant la joue de Bulle.

– Mais qu'est-ce qui s'est passé exactement ? demande Lise après lui avoir donné un baiser sur la joue.

– Le vent m'a enlevé mon bonnet et on est tombés, dit Bulle en donnant les rames à Séraphin et Mme Strobe, qui en prennent chacun une. Perry a dû tisser un fil autour de la ligne à haute tension et attacher l'autre extrémité autour de moi. C'était comme un saut à l'élastique, mais je n'ai toujours pas compris comment ça a pu marcher.

– *Hic !* dit Perry.

– Hum, je crois savoir, intervient le professeur. Vous vous souvenez du flacon que Gregor a cassé sur le sol ?

Celui avec la boisson énergétique avec une pincée de piment mexicain ?

– Oui ! s'écrient Lise et Bulle.

– Eh bien, nous avons récupéré Perry parmi les débris de verre, ce qui signifie...

– Ah ! j'ai compris ! s'esclaffe Lise.

– Tout s'explique, confirme Mme Strobe.

– Ah, petite maligne, va ! Alors, ça avait si bon goût que ça, Perry ?

L'araignée garde le silence.

– Vu la petitesse de son corps, quelques gouttes ont suffi pour la rendre superforte, explique le professeur.

– D'où sa toile d'araignée extra-résistante, complète Bulle.

– Et ses hoquets, ajoute Lise.

Arrivés de l'autre côté du fleuve, les quatre amis tirent la barque sur la berge et grimpent en suivant le chemin qui passe devant la maison avec la banderole.

– Essayons de faire de l'auto-stop jusqu'au Sud-Trøndelag, suggère le professeur Séraphin.

– À moins qu'il ne passe un bus, dit Lise.

Ils attendent un petit moment au bord de la route, mais ne voient rien venir. Ni voiture, ni bus, ni moto avec sidecar, ni trottinette des neiges ni aucun autre véhicule.

– C'est vraiment paumé par ici, constate Bulle.

– Voyons si quelqu'un à la boutique pourrait nous aider, propose Séraphin.

En fait, la boutique n'est pas un magasin du tout, mais un grand hangar. Ils se dirigent vers un comptoir désert. Il n'y a absolument personne.

– Ohé ! Y a quelqu'un ? appelle Séraphin.

Seul l'écho lui répond.

– C'est quoi ? demande Lise à la vue de drôles de structures posées un peu partout sur le sol.

Elles ont la taille de trampolines et sont constituées de grandes voiles colorées tendues entre des lattes, avec deux montants, une barre et un harnais. Sous chaque toile, il y a quelque chose qui ressemble à un sac de couchage.

– On dirait que quelqu'un a essayé de monter sa tente avant de lire les instructions..., commente Bulle.

– Ce sont des deltaplanes, explique Séraphin. Il suffit d'emmener un de ces engins au sommet d'une montagne, de prendre de l'élan et de se glisser dans ce sac de couchage sous l'aile pour voler ! On peut même parcourir des dizaines de kilomètres si on a le vent avec soi.

– OHÉ ! crie Bulle.

Toujours rien.

– On dirait qu'il n'y a vraiment personne, dit Lise.

Au même instant, ils entendent un coup violent qui fait trembler l'air du hangar.

– C'é-c'était quoi ? demande Séraphin.

Bulle montre de la tête Mme Strobe dont la main est encore posée sur le comptoir.

– C'est une spécialité de Mme Strobe. Sa fameuse tape sur le bureau.

– Est-ce qu'elle pourrait ne pas le refaire ? grimace Séraphin, qui doit bâiller pour déboucher ses oreilles.

Soudain ils entendent des cliquetis, une porte s'ouvre et un homme jeune avec un petit bedon entre, vêtu d'un maillot rouge moulant avec des taches de graisse dessus. Avec ses cheveux ébouriffés, il a l'air de sortir du lit. Derrière ses lunettes (Lise n'a jamais vu des verres aussi épais de sa vie) il les regarde de ses yeux réduits à deux fentes.

– Par tous les mâts et haubans ! lance-t-il sur un ton d'effroi et d'enthousiasme mêlés. Du monde dans ma boutique ! Moi qui n'ai pas vu un chat depuis Pâques !

– Bonjour, monsieur...

– Petter ! Je m'appelle Petter. Il n'y a que moi qui m'appelle Petter ici, et je ne suis pas n'importe quel Petter, attention !

– Enchanté. Je suis le professeur Séraphin, et voici Lise, Bulle et Mme Strobe.

Petter se baisse pour examiner Bulle de plus près :

– Tu t'appellerais pas Petter, par hasard, mon garçon ?

– Non, je vous assure.

– Tu m'as pourtant tout l'air d'un Petter.

Bulle hausse les épaules.

– Il n'y en a qu'un seul ici, et c'est vous, Petter.

– C'est vrai. Mais qu'est-ce que vous faites dans le coin ?

– On cherche le roi, explique Lise. Le roi de la Norvège.

– Il séjourne dans un chalet, en ville, dit Petter.

– En ville ?

– Klæbu. Ça fait un bout de chemin d'ici. Quatre-vingt-dix kilomètres. Vous avez une voiture ?

– Non, dit Lise. Mais il y a peut-être un bus ?

Petter secoue la tête.

– Tous les gens ont été déplacés en Norvège ou à Klæbu. Je suis le seul qui reste.

Il lève les mains au ciel dans un geste d'impuissance, renverse la tête en arrière et crie :

– Je suis Petter ! Petter ! Personne ne peut me battre !

– Est-ce que vous avez une voiture, Petter ? s'enquiert Séraphin. Nous vous dédommagerions si vous pouviez nous emmener à Klæbu.

Petter secoue la tête et montre ses lunettes.

– Je suis myope. Moins dix-sept. Ces mauviettes d'inspecteurs n'ont pas voulu me donner le permis. C'est pour ça que je n'ai jamais pu aller à Klæbu. Je sortirai jamais de mon trou sans permis, poursuit-il en renversant la tête et en criant vers le plafond. Ah, ces lâches ! Ils ont dû avoir peur que j'écrase quelqu'un. Mais maintenant que tout le monde est parti, il n'y a personne à écraser. Alors pourquoi ils s'obstinent à pas me le donner, ce fichu permis ?

– Et le bateau ? On peut l'emprunter ? demande Lise.

Petter hausse les épaules.

– Klæbu est situé en amont du fleuve, à contre-courant. Et de l'autre côté, il y a des chutes d'eau et des passages dangereux.

La bande des quatre se regarde un peu découragée, quand soudain le visage de Petter s'éclaire :

– Mais j'y pense, j'ai du cacao ! Je faisais de la publicité pour le cacao quand je faisais du deltaplane. J'étais bon là-dedans, je battais tout le monde. Un jeu d'enfant ! Et si je faisais du cacao ? J'en ai plein l'armoire !

– Je ne sais pas..., dit Séraphin en regardant l'heure. L'invasion du Danemark doit se produire dans quarante-huit heures.

Petter prend une mine suppliante :

– Vous ne pouvez pas rester un petit peu ? Juste le temps d'une partie d'échecs chinois. J'suis pas mauvais, foi de Petter !

– Je regrette, souffle Séraphin.

– Ne partez pas ! Je mettrai du beurre dans le cacao !

Le professeur regarde les trois autres.

– Je crois qu'il est assez seul, chuchote Lise. On peut rester un peu.

Séraphin se tourne vers Petter et lui annonce avec un large sourire :

– Nous acceptons avec joie un chocolat chaud.

Lise et Bulle aident Petter à préparer le breuvage dans la cuisine au bout du couloir.

– Je finirai bien par partir d'ici un jour, déclare Petter. Dès que j'aurai vendu mon stock de deltaplanes, je mettrai les voiles. J'irai peut-être jusqu'à Oslo, pourquoi pas, vous dire un petit bonjour. Enfin, si vous acceptez d'avoir ma visite.

– Ça nous ferait plaisir, lui assurent les quatre amis.

– Comment marchent les affaires s'il n'y a personne dans le coin ? demande Bulle.

– Très mal, reconnaît Petter d'une voix sombre. J'ai beau tenir ma boutique depuis presque trois ans maintenant, il n'y a quasiment personne qui passe.

Son visage s'illumine.

– Mais peut-être que vous avez envie d'en acheter un ?

Lise rit.

– Je ne crois pas que nous ayons besoin d'un... deltaplane, Petter.

Un instant l'espoir qui a brillé dans ses yeux s'éteint derrière ses lunettes aux verres aussi épais que des loupes.

– Non, bien sûr. Qu'est-ce que vous feriez d'un deltaplane ?

Tandis qu'un silence tombe dans la cuisine, ils écoutent le bruit de la casserole sur le feu et suivent des yeux le chocolat pour qu'il ne déborde pas.

– Tiens, dit Bulle, je crois que j'ai une idée... !

« Oh non ! », pense Lise.

CHAPITRE 20

Take off avec un goût de vanille

– Tu ne penses quand même pas qu'on va rejoindre Klæbu en deltaplane ? s'inquiète Séraphin, l'air dubitatif. Tu sembles oublier qu'aucun de nous ne sait manier ce genre d'engin.

– Petter a un deltaplane familial, le rassure Bulle qui, comme d'habitude, trépigne à la perspective de bien s'amuser. Et il sait comment faire pour le manœuvrer, n'est-ce pas Petter ?

L'homme acquiesce.

– Oui. Mais il n'y a de la place que pour quatre. Et nous sommes cinq.

– Lise et moi, on rentre dans le même sac de couchage. Et le professeur Séraphin n'est qu'une longue perche. On devrait tous pouvoir tenir.

Le professeur regarde Petter, qui hoche la tête.

– C'est le *take off* qui pose problème, dit l'homme.

Séraphin semble d'accord avec lui.

– Le quoi ? demande Bulle.

– *Take off*, ça veut dire décoller, soupire le professeur. C'est bien beau d'avoir des idées, mais c'est une autre paire de manches de les mettre en pratique. Où vois-tu une montagne dans les environs pour qu'on puisse s'envoler ?

Bulle jette un coup d'œil par la fenêtre et ne voit qu'un paysage de marécages.

– Il ne nous reste plus qu'à marcher jusqu'à Klæbu, conclut le professeur.

– Oh, mais j'ai encore plein de cacao ! proteste Petter d'une voix tremblante d'émotion. Je pourrai y rajouter de la vanille en poudre ! Et on n'a même pas eu le temps de faire une partie d'échecs chinois.

Ils secouent la tête, remercient pour le chocolat chaud et remettent leurs vêtements. Au moment de prendre congé, Bulle, qui était resté assis à table, s'écrie :

– Je sais !

Le professeur et les autres se retournent et voient Bulle, le regard plongé dans sa tasse de chocolat vide.

– Mais quoi donc, Bulle ?

– Tu peux nous resservir du chocolat chaud, Petter !

Le visage de ce dernier s'éclaire :

– Avec de la vanille en poudre ?

– Pas tout à fait de la vanille en poudre, rectifie le garçon aux cheveux rouges.

– De quoi tu veux parler ?

– Je parle du *take off*, précise Bulle.

– Vous êtes sûrs que ça va marcher ? demande Petter en tenant le mât du grand deltaplane familial.

– Non, admet le professeur Séraphin couché sur le dos. Vous pouvez encore renoncer, si vous voulez.

– Pas question, je veux aller à Klæbu une fois dans ma vie, déclare Petter en serrant fort le mât dans ses mains.

– Dans ce cas, dit Séraphin en soulevant sa tasse de chocolat. Vous êtes prêts ?

– Ouiii ! crient Lise et Bulle déjà emmitouflés dans le sac de couchage sur l'un des côtés.

– Prête ! dit Mme Strobe du fond de l'autre sac.

– Alors buvons ! ordonne Séraphin.

Tous vident leurs tasses de chocolat chaud en n'en laissant pas une goutte.

– Quatre, dit Bulle en commençant le compte à rebours.

– Mmm, dit Petter en connaisseur. Ça a beau ne pas être de la vanille en poudre, c'est pas si mauvais que ça. Comment vous l'appelez, cette poudre ?

– La poudre « spécial proutonautes » du professeur Séraphin, répond l'inventeur. Ce petit goût de poire est particulièrement réussi, n'est-ce pas ?

– Trois, continue Bulle.

– Vous croyez vraiment que cette poudre peut nous amener jusqu'à Klæbu ?

– Nous verrons bien.

– Deux, dit Bulle. Un...

– Ça chatouille, remarque Petter en se passant la main sur son ventre rebondi.

– Zéro !

Tout devient blanc.

Quand l'écho de la déflagration qui a fait plusieurs fois l'aller et retour d'une rive du fleuve à l'autre s'arrête, et que la neige se redépose, il n'y a plus rien sur le terrain devant le hangar. Rien qu'une banderole disant qu'on trouve ici le plus large choix de deltaplanes du Sud-Trøndelag. Le silence est revenu sur le site, mais pour ceux qui ont l'ouïe fine, on entend des cris là-haut dans le ciel :

– Par tous les mâts et haubans ! Ça, c'est Petter ! Allez, on porte tous un toast pour Petter !

Lise admire le paysage qui défile, comme une carte de géographie qu'elle découvrirait au fur et à mesure. Il fait encore plus froid à cette altitude, elle le sent au bout de son nez. Mais il fait bien chaud à l'intérieur du sac de couchage.

Quel silence ! Rien que le bruissement de la grande aile rouge, le léger grincement des harnais qui serrent et se détendent, le tic-tac de l'altimètre quand ils prennent de la hauteur et le léger ronflement de Bulle qui s'est endormi à côté d'elle.

De temps en temps, Séraphin dit quelque chose à Petter en lui montrant du doigt la carte qu'il a décrochée du mur dans le hangar. Il finit par avoir le droit de diriger le deltaplane, tandis que Petter lui explique tout en détail.

Le soleil s'est couché derrière la mer, loin vers l'ouest, là où le ciel est passé du bleu à l'orange puis au rouge et – tout en bas – au vert violacé. Il leur arrive de survoler une maison aux fenêtres éclairées ou encore une rue avec les réverbères allumés qui, dans le crépuscule naissant, ressemble à un serpent lumineux.

C'est si beau que Lise en vient à la conclusion que ce monde est trop beau pour qu'on le laisse courir à sa perte. Il faut le sauver à tout prix.

Une heure plus tard, la nuit est tombée et le professeur Séraphin indique un tapis de lumières qui grandit sous eux.

– Klæbu, annonce-t-il.

Mais Lise s'est déjà endormie.

CHAPITRE 21

L'audience royale

Votre Majesté, vous avez de la visite.

– Pardon ?

Le roi lève les yeux de ses mots croisés dans le *Sud-Trøndelag Times* et regarde l'heure. Onze heures du soir. De la visite maintenant ?

Sur le pas de la porte se tient son serviteur Åke. Un homme grand qui semble être passé dans un taille-crayon, car tout chez lui est pointu : son nez, sa bouche, son menton, ses dents. Même sa livrée de majordome, en queue-de-pie. Ses propos aussi sont pointus quand il critique le roi, mais comme il les prononce en suédois, le roi ne voit pas les pointes qu'il lui lance.

Le roi se demande parfois pourquoi il a engagé un Suédois à son service, puis il se rappelle que c'est parce que les Suédois sont meilleur marché que les Norvégiens et qu'ils ont l'air d'aimer ce genre de postes de subordonnés mal payés. Ils font le service en souriant et en vous

disant « comme il vous plaira, ô grands et riches couillons de Norvégiens ». Certes, c'est un peu bizarre, car il n'y a aucun doute que les Suédois sont plus intelligents et plus doués que les Norvégiens... Mais le serviteur Åke a sonné à sa porte pour proposer ses services dès le premier jour où le roi est arrivé, après avoir été jeté hors de son palais par ce président à la noix.

Il arrive cependant que le roi ait comme l'impression que le serviteur Åke se moque de lui dès qu'il a le dos tourné. Mais, dans ces temps d'exil où il n'a plus le personnel de la Cour avec lui, le roi n'a pas les moyens d'avoir quelqu'un d'autre à ses côtés, alors il est bien obligé de supporter ses impertinences en suédois.

– Ils ont atterri avec un deltaplane devant la maison. Ils disent avoir franchi la frontière pour parler à Votre Majesté et insistent pour avoir une audience. Dois-je les faire entrer ?

– Hum ! marmonne le roi en jetant un dernier coup d'œil à son journal.

Ah, ils n'étaient vraiment pas faciles, ces mots croisés du Sud-Trøndelag !

– Dix ans ? lance-t-il en plongeant la main dans la poche de son jogging et en se grattant la cuisse.

– Décennie, répond Åke en soupirant avec affectation.

Le roi vérifie le nombre de lettres et décide que ça correspond. Il est quand même le roi, après tout.

– Voyons la suite, ajoute-t-il en mettant le doigt sur la ligne suivante. Cinq vertical. Six lettres. *Capacité à penser.*

– Ils attendent, Votre Majesté.

Le roi préférerait qu'il dise « Son Altesse Votre Majesté », même si c'est plus long, mais comme il craint que le serviteur Åke n'en profite pour demander une hausse de salaire, il s'abstient de tout commentaire.

– Bon, faites-les entrer, ordonne-t-il d'un signe de la main.

Åke sort et revient aussitôt en tête d'un étrange cortège : une grande perche avec des lunettes de plongée suivi d'un minuscule garçon au visage plein de taches de rousseur et aux cheveux rouges, avec une sorte d'insecte sur la tête, et ensuite une fillette qui a l'air tout ce qu'il y a de plus normal. Mais le roi écarquille les yeux à la vue de la personne qui ferme la marche : une femme droite comme un I, le visage sévère, avec un nez qui n'en finit pas. Le roi ne se souvient pas d'avoir vu une personne aussi belle.

– Votre Altesse Royale, déclare le grand échalas avec les lunettes de natation. Je suis le professeur Séraphin, et nous sommes venus pour vous demander de parler au peuple norvégien afin de le ramener à la raison.

– C'est ça ! s'écrie le roi dont le visage s'éclaire. Ça correspond parfaitement : R-A-I-S-O-N.

– Cela signifie-t-il que vous acceptez de le faire ? demande la grande perche qui s'est présentée comme professeur Untel.

– Le faire ? Eh, pas si vite ! récrimine le roi. Il semble que j'ai assez à faire pour le moment, déclare-t-il en lorgnant sur la pile de revues de mots croisés posée par terre, à côté de lui, qui fait plusieurs mètres de haut.

– Votre pays a besoin de vous, Sire, insiste le petit garçon aux cheveux roux. Sinon, le monde va au-devant de très gros problèmes. Il faut rentrer avec nous en Norvège.

– Rentrer ? Pour revoir cette espèce de président qui m'a jeté comme un malpropre ? soupire le roi, avec amertume.

– Il faut arrêter Hallvard Tenoresen ! ajoute la fillette. D'ailleurs, ce n'est pas son vrai nom, il s'appelle Jodolf Staler et c'est un caméléon lunaire.

– Ah bon ? s'étonne le roi. Et c'est quoi, un caméléon lunaire ?

– C'est une créature qui ressemble à un babouin et qui a les fesses pleines d'hémorroïdes, explique Bulle.

– Oh, mais nous en sommes tous là..., bougonne le roi.

Il cherche quelques lignes plus bas, il lui avait semblé voir « singe ». C'est peut-être babouin ?

– Tenoresen a hypnotisé notre peuple, reprend Lise. Il fixe la caméra et tous ceux qui le regardent trop longtemps dans les yeux n'arrivent plus à prononcer certains « s » et font tout ce qu'il leur ordonne de faire.

– Ça ne m'impressionne pas, déclare le roi. J'ai appris l'hypnose quand j'étais prince héritier. C'est ce que nous faisons quand nous tenons le discours de Nouvel An à la télévision. Nous hypnotisons les spectateurs pour qu'ils veuillent garder leur roi au lieu de chercher à avoir un président et ce genre de choses.

Il lève enfin les yeux de ses mots croisés.

– Est-ce que vous voulez que je vous hypnotise là, tout de suite ? « *Mes très chers sujets...* »

– Non merci, dit Lise. Tenoresen veut griller Galvanius et envahir le Danemark mercredi prochain. C'est-à-dire après-demain ! Il faut que vous veniez avec nous, Votre Altesse Royale.

– C'est hors de question, répond le roi. J'ai la belle vie, ici. Antenne parabolique, pas de péages à payer, essence bon marché, pas d'étrangers... enfin, à part moi et Åke. Et les saucisses du Sud-Trøndelag sont bien meilleures que...

À cet instant, c'est comme si toute la pièce explosait. Le roi sursaute tellement qu'il se soulève de son fauteuil et quand il retombe, il regarde, terrorisé, la main qui vient de frapper sur la table devant lui. Une tape diabolique à vous donner la chair de poule, qui fait cesser de battre le cœur pendant quelques instants avant qu'il ne se remette à battre, mais trois fois plus vite. Le regard du roi remonte de la main au bras, à l'épaule, au visage, au long nez, aux lunettes et pour finir au regard perçant qui semble le mettre à nu.

– Écoutez ! lance la voix tout aussi perçante. Vous, mon cher, vous allez nous aider à sauver le monde. Me suis-je bien fait comprendre ?

– Qu-qu-qui êtes-vous ? bégaie le roi.

Il n'obtient pas de réponse, mais le regard de cette femme ne le lâche pas, elle le tient en son pouvoir.

– C'est Mme Strobe, souffle le petit garçon aux cheveux rouges. Ce que vous venez d'entendre, c'est la fameuse

tape de Mme Strobe quand elle n'est pas contente, et là, vous avez droit à son célèbre regard.

– Son cé-célèbre regard ?

– Oui, vous sentez comme ça vous transperce le cerveau et dans quelques secondes, vous aurez l'impression que ça commence à bouillir à l'intérieur.

– Lais-laissez mon cerveau tranquille...

– À une condition, dit celle qu'ils ont appelée Mme Strobe, et une seule : que vous fassiez votre boulot de roi !

– Très bien. Je dois donc...

La fillette l'aide à compléter sa phrase :

– M'adresser au peuple norvégien et lui dire que Jodolf Staler est un charlatan et que les gens doivent arrêter de lui obéir. Qu'ils doivent le chasser du Château. Maintenant ! Tout de suite !

– Mon Dieu ! s'exclame le souverain déchu. Et vous croyez qu'il suffit... de tenir un discours ?

Toute la délégation devant lui hoche la tête.

– C'est tout ? demande le roi. Tenir un discours ?

– Oui, cela se résume en gros à ça, confirme la grande perche avec les lunettes de natation. C'est ce qu'a fait votre prédécesseur, de Londres, pendant la Seconde Guerre mondiale. Il a parlé au peuple et l'a convaincu de se rebeller contre l'occupant.

– Hum..., dit le roi. Et le peuple a suivi ses conseils ?

– Oui, dans une certaine mesure, même si on aurait pu souhaiter que les gens soient plus nombreux à entrer dans la Résistance. Mais cela aurait été bien pire s'il n'avait pas pris la parole.

– Je comprends, répond le roi en pesant le pour et le contre.

Son prédécesseur avait tenu de brefs discours à la radio et ensuite il avait pu retrouver son fauteuil préféré devant la cheminée et résoudre tranquillement ses mots croisés.

De fait, il pourrait se réinstaller au Château. Ça valait le coup, mais écrire des discours, c'est si fatigant...

– Nous comptons sur vous, Votre Altesse Royale, insiste Mme Strobe en lui adressant son plus beau sourire.

« Elle est trop belle pour moi », pense le roi. Il se penche légèrement vers elle :

– Entre nous, chère madame Strobe, je trouve que « Votre Altesse Royale » c'est un peu guindé. Vous n'avez qu'à m'appeler Votre Altesse.

– Oh ! merci beaucoup, Votre Altesse, s'exclame Mme Strobe en battant des cils. Vous n'avez qu'à m'appeler Rosemarie.

– Hé, hé ! dit le roi.

– Vous acceptez donc notre requête ?

– Disons qu'il est tard. La nuit porte conseil, dit le roi. Åke, veuillez préparer des lits princiers pour nos invités.

Le serviteur fait claquer ses talons.

– Nous n'avons que des couchages simples.

– C'est-à-dire ?

– Des lits superposés. Vous habitez dans un chalet et non plus dans un château, Votre Majesté.

– Royale, Åke.

– Plaît-il ?

– Votre Majesté Roya... Laissez tomber. Eh bien, des lits superposés, soit. Et apportez-leur de quoi se sustenter.

Il se tourne vers Mme Strobe :

– J'ai de ces saucisses grillées, Rosemarie, vous m'en direz des nouvelles. Elles viennent du supermarché du coin. Vous verrez, délicieuses et pas chères du tout.

– Merci, merci beaucoup, Votre Altesse.

– Hé, hé ! se réjouit le roi.

– Oh ! encore une chose, ajoute le petit garçon aux cheveux rouges.

– Oui ? demande le roi, un peu sceptique, parce qu'il connaît le coup du « juste une dernière chose », puis encore une dernière et on y est encore le lendemain matin...

– Vous devez nous donner l'ordre de sauver Gregor, dit l'enfant. Et le pays. Et le monde entier, tant qu'à faire.

– Ah bon ? Il le faut ?

– Oui, il le faut.

– Mais pourquoi ?

– Parce que vous êtes le roi. Et quitte à mourir, autant que ce soit pour le roi et la patrie, vous me suivez ? C'est plus moral, en quelque sorte.

Le roi reste songeur.

– D'accord, dit-il en se grattant la cuisse droite. Par la présente, je vous charge de la mission de sauver Gregorius, le pays et, tant qu'à faire, le reste du monde.

– Hourra ! hurle Bulle.

– Merci beaucoup, dit Lise en faisant la révérence.

La fillette ne trouve pas le sommeil.

Non pas parce qu'elle a trop mangé de saucisses du Sud-Trøndelag.

Non pas parce qu'elle pense à son papa commandant, à sa maman commandant, à Gregor, aux caméléons lunaires et à la fin du monde.

Non pas parce qu'elle est gênée par les ronflements, les sifflements et les vagues borborygmes provenant des autres couchettes autour d'elle.

Mais parce qu'il y a un autre bruit.

Pas le bruissement du vent qui joue avec le deltaplane resté dehors (Petter leur a dit qu'ils pouvaient le garder, avant de filer au centre-ville de Klæbu pour boire un chocolat chaud et jouer au poker).

Non, il y a un autre bruit. Un cliquetis. Elle ne sait pas ce que c'est, mais ça semble venir d'un autre endroit du chalet.

– Bulle, chuchote-t-elle.

Mais son ami se contente de répondre par un long ronflement.

Lise rejette sa couette, se faufile vers la porte, puis fait quelques pas dans le couloir. Elle marque un temps d'arrêt et tend l'oreille. Ses plantes de pied savent qu'elles auront une sensation de brûlure au contact du sol glacé.

Le bruit vient d'une pièce derrière une porte entrouverte, au bout du couloir.

Elle s'approche à pas de loup et jette un coup d'œil à l'intérieur.

La première chose qu'elle aperçoit, c'est une veste jetée sur le dossier d'une chaise. C'est la livrée du serviteur Åke. Et sur cette chaise, quelqu'un est assis, de dos, en train de taper de manière rythmée sur ce qui semble être une sorte d'agrafeuse, mais Lise sait ce que sait : un manipulateur, autrement dit, un appareil qui permet d'envoyer des messages en morse ! Son papa commandant en a un dans la forteresse d'Akershus ; il avait servi pendant la guerre pour envoyer des messages codés, un peu comme les SMS aujourd'hui. Son père lui avait même appris l'alphabet morse. Trois signaux courts, trois longs et trois courts signifient par exemple S.O.S. Mais que fait donc le serviteur Åke, ici en pleine nuit ?

Lise est parcourue d'un frisson quand elle aperçoit la main du serviteur – à supposer que ce soit réellement sa main. Elle a des doigts d'une longueur anormale, couverts de poils gris et terminés par des ongles noirs.

Le regard de Lise descend le long du dossier de la chaise, et là, au milieu des deux pointes du queue-de-pie, elle aperçoit quelque chose qui ressort. Quelque chose de rose. Des sortes de grosses vésicules. Elle a beau n'en avoir jamais vu avant, elle sait d'instinct que ce sont des hémorroïdes.

À cet instant, le bruit de clic-clic s'arrête et Lise s'écarte de la porte à la vitesse de l'éclair. Elle retient son souffle, son cœur bat à tout rompre. Le serviteur Åke est un caméléon lunaire ! L'a-t-il entendue venir ? Sa peur lui dit de filer au plus vite, mais son courage lui intime au contraire de ne pas bouger, sinon il l'entendrait courir. Alors, elle décide de rester et son cœur finit par se calmer. Les secondes défilent. Il ne se passe rien. Puis le message en morse reprend.

Lise expire et écoute attentivement. Elle compte, puis épelle mentalement :

R-O-I-A-R-E-Ç-U-V-I-S-I-T-E-D-E-S-S-A-B-O-T-E-U-R-S STOP I-L-S-V-E-U-L-E-N-T-S-A-U-V-E-R-L-E-C-R-A-P-A-U-D STOP A-T-T-E-N-D-S-O-R-D-R-E-S STOP

Lise attend un instant, puis elle entend le bruit de la réponse qui arrive :

H-A-!-I-L-S-S-O-N-T-D-A-N-S-L-A-G-U-E-U-L-E-D-U-L-O-U-P STOP C-O-U-P-E-L-E-U-R-L-A-T-Ê-T-

E-E-T-M-A-N-G-E-L-E-S-P-O-U-R-L-E-P-E-T-I-T-D-É-J-E-U-N-E-R STOP G-Ö-R-A-N

Mange-les pour le petit déjeuner !

Il n'y a pas de temps à perdre, il faut déguerpir au plus vite !

Lise avance en faisant le moins de bruit possible, mais une latte du plancher craque. Elle croit entendre une porte s'ouvrir derrière elle, mais elle préfère ne pas se retourner.

« Papa commandant, implore-t-elle, papa commandant ! S.O.S. ! S.O.S. ! »

CHAPITRE 22

La bande des quatre échappe tout juste au danger

Le roi rêve qu'il y a une soirée de gala au Château. Les lustres et la vaisselle scintillent, toute la haute société est là, dans ses plus beaux atours, les ministres aussi. Ils lui ont fait la révérence ou se sont inclinés devant lui, qui porte son bel uniforme de gala avec le ruban de soie en travers du buste, couvert de décorations sur la poitrine. Il raconte à sa voisine de table, Mme Strobe, que l'une de ces médailles s'appelle le Petit Hippocampe. Puis soudain, il sent qu'une main secoue sa chaise. En levant les yeux, il voit le chiropracteur. Le chiropracteur chantant. Hallvard Tenoresen.

– C'est ma chaise, déclare Tenoresen. Dégage !

Le roi se cramponne, mais Tenoresen le secoue de plus en plus fort.

– Réveillez-vous, Votre Majesté !

Le roi ouvre les yeux et découvre le visage d'Åke, son serviteur.

– Il faut que vous veniez, Votre Majesté. Les invités se sont enfermés dans la pièce. J'ai besoin des clés.

– Enf-enfermés ? Mais pourquoi ça ?

– Je ne sais pas. Ils ne veulent pas ouvrir. Ils doivent ourdir un plan. Ils ont peut-être été envoyés par Tenoresen...

Tenoresen ! Le roi bondit hors du lit, enfile son peignoir, fourre la main dans son pot de chambre placé à côté du lit et sort un trousseau de clés.

– Ah ! s'écrie Åke en s'en saisissant. C'était donc là qu'elles étaient cachées !

– Je vous suis, dit le roi.

Une fois dans le couloir qui mène à la chambre d'amis, le souverain remarque le grand sabre rouillé que son serviteur tient à la main.

– À quoi cela vous sert ?

– À leur trancher la tête. Au cas où ils opposeraient résistance, je veux dire.

– Ce ne sera pas nécessaire, déclare le roi en frappant à la porte. Ce doit être un malentendu. Rosemarie ! C'est Sa Majesté. Que se passe-t-il ?

Pas de réponse.

Le roi se tourne vers Åke.

– Qu'est-ce que vous voulez faire dans leur chambre au milieu de la nuit ?

– Leur tranch... euh, vérifier si je dois vider leurs pots de chambre.

– Ah bon, s'étonne le roi, en trouvant la bonne clé à son trousseau avant de la glisser dans la serrure.

– Rosemarie ! J'entre dans la chambre ! prévient-il en tournant la clé.

Il baisse la poignée de la porte et aussitôt le serviteur Åke se précipite, le sabre à la main levé au-dessus de sa tête.

– Ne…, tente de dire le roi.

Mais c'est trop tard. Le sabre s'abat dans un geste rageur sur la couette et fait voler les plumes d'oie dans la pièce. Une fois. Deux fois. Trois fois.

– Serviteur Åke ! crie le roi.

– À votre service, s'esclaffe le serviteur en continuant de mettre en pièces toute la literie.

– Mais que faites-vous ?

– Je prépare le petit déjeuner, Votre Majesté, répond Åke en ahanant sous l'effort.

Ce dernier disparaît dans une tempête de plumes. Le roi voit la fenêtre ouverte à côté du lit. Åke arrête de donner des coups de sabre partout et hurle, furieux :

– Il est où, ce satané microbe ?

Le roi entend la voix du petit garçon aux cheveux rouges :

– Trois. Deux. Un.

Le serviteur Åke se précipite à la fenêtre.

– Il est là ! Je le tiens !

– Zéro.

– Je vais te réduire en carpaccio…

Un grondement secoue alors le chalet tout entier.

– Qu-qu'est-ce que c'est ? bégaie le roi.

Åke se retourne lentement vers le roi. Son visage est recouvert de poudreuse.

– Ça, dit-il tandis que la neige lui tombe de la bouche, ce sont les rebelles qui ont réussi à s'enfuir. Mais pas vous.

– Votre Majesté.

– Hein ?

– Vous avez oublié de dire « Votre Majesté ».

Le roi fixe le visage d'Åke, devenu méconnaissable : il est noir, avec des poils gris, un menton en avant et dans sa gueule ouverte brillent des dents pointues.

– Oh, là, là ! c'était moins une, déclare le professeur Séraphin en enlevant son bonnet de nuit.

Il met ses lunettes de plongée et dirige le deltaplane vers un petit nuage de beau temps qui flotte, tout seul, dans le ciel.

– Vous êtes tous là ?

– Je suis là, répond Mme Strobe.

– Moi aussi, dit Lise.

– Et moi aussi, fait Bulle.

Le garçon sort la tête du sac de couchage et regarde le paysage en dessous. Le Sud-Trøndelag disparaît derrière eux et sous eux, le clair de lune brille sur les sommets enneigés et les lacs gelés. Tout s'est déroulé si vite qu'il n'est pas encore bien réveillé. Il vient d'enfiler son pantalon et une chaussure, l'autre est encore dans la poche de sa doudoune. Bulle vérifie qu'il a tout. Ses moufles, l'écharpe. Et...

– Perry !

– Qu'y a-t-il, Bulle ?

– J'ai oublié Perry ! Elle est restée dans le chalet !

– Zut ! fait Séraphin. Il est trop tard pour faire demi-tour. Mais je connais bien Perry, elle saura se trouver une bonne cachette.

Bulle s'arrache les cheveux :

– Mais que va-t-elle faire sans nous ?

– Attraper des mouches et éviter les babouins jusqu'à ce que tout soit terminé, dit Lise. Je te promets qu'on reviendra la chercher, Bulle.

– Lise a raison, renchérit Séraphin. Il faut absolument rentrer le plus vite possible à Oslo pour sauver Gregor. Et le monde entier. Et enfin Perry – si elle n'a pas servi de petit déjeuner avant.

– Pauvre Perry, soupire Mme Strobe. Et pauvre Bulle !

Le petit garçon aux cheveux roux enfonce sa tête dans le sac de couchage, la mine triste, jusqu'à ce que Lise crie :

– La ville d'Elverum !

Alors il sort la tête et voit défiler la ville sous eux. À l'ouest, une traînée rouge apparaît à l'horizon. Un nouveau lever de soleil se prépare et Bulle décide de ne plus se morfondre. Vu la situation, il ne peut rien faire de plus. On perd toujours quelque chose à la guerre, mais la vie continue ; elle doit continuer. Et tout ce qui les entoure est d'une telle beauté qu'il n'y a pas de temps à perdre avec les regrets. Il vaut mieux croquer la vie à pleines dents.

CHAPITRE 23

Hoquet et atterrissages brusques

Lorsque le soleil se lève sur le Sud-Trøndelag, le roi est dans son lit à contempler une toile d'araignée au plafond. C'est un roi qui adore la compagnie, mais qui est maintenant tout seul, enfermé derrière une porte avec des barreaux aux fenêtres, avec personne à qui parler.

« Alors autant parler à l'araignée au milieu de sa toile. C'est toujours mieux que rien », se dit-il.

– Un babouin ! Qui l'aurait cru ? Dire que mon serviteur n'était qu'un vulgaire babouin, qui fait *slurp !* et qui parle...

– *Hic !* rétorque l'araignée.

– Je dois devenir fou, soupire le roi, je viens d'entendre une araignée qui a le hoquet...

– *Hic !* répète l'araignée.

– Merci, soupire le roi. Toi aussi tu es seule et abandonnée ? Tu as entendu ce que le babouin m'a dit ? Il m'a trompé dès le départ... Il était chargé de m'espionner dans mes moindres faits et gestes, et de rendre compte des visites qu'on me faisait ? Qui l'eût cru ?

– *Hic ! Hic !*

– Qu'est-ce que ce babouin va faire de nous ?

Mais l'araignée ne doit pas savoir quoi répondre, parce qu'elle ne hoquète pas.

Il se dit qu'à toute chose malheur est bon. Au moins on ne peut pas lui faire grief d'être oisif, puisqu'il n'a pas le choix. Or, il adore traîner sans rien faire, sauf si c'est pour résoudre des mots croisés. Et puis, il n'a même plus de discours à préparer – encore une corvée de moins à faire ! Oui, il lui faut bien admettre qu'il est un roi paresseux.

Il ferme les yeux, déjà satisfait d'avoir fait tout ce raisonnement. Il repense au sabre qu'Åke lui a fourré sous le nez et au bruit des clés dans la serrure, quand il a verrouillé la porte. Il a entendu le serviteur taper comme un fou toute la nuit sur sa drôle de machine pour envoyer des messages en morse, dans la pièce au fond du couloir. *Clac clac* stop *clac clic clac* stop *clac.* Mais quand il a voulu regarder par le trou de la serrure, il n'a rien vu puisque la clé est restée à l'intérieur de l'autre côté.

Il renifle. Il y a une drôle d'odeur. Des gaufres ? Non, juste l'odeur du beurre qu'on fait fondre avant de mettre la pâte. « Ah, on a branché un moule à gaufres électrique ! Tant mieux », se dit-il, à l'idée d'en avoir pour son petit déjeuner.

Le roi s'en lèche déjà les babines et manque de s'endormir, tout heureux à cette perspective.

– Aïe !

Il ouvre grands les yeux. L'araignée est là, au bout de son nez, qui le regarde avec ses huit yeux noirs.

– C'est-c'est toi qui m'as mordu ?

– *Hic !*

– Qu'est-ce qu'il y a ?

Sans hoqueter de nouveau, l'araignée court sur la couette, descend le long du montant du lit, file sur le plancher, grimpe sur la porte et disparaît dans le trou de la serrure.

– Drôle de bestiole..., marmonne le roi en refermant les yeux.

Il entend de nouveau le bruit d'une clé qui tourne dans la serrure. Ah, le petit déjeuner ! Il attend que la porte s'ouvre, mais rien ne se passe. Mais voilà que l'araignée ressort du trou de la serrure en tirant un fil brillant derrière elle.

– *Hic !*

– T'as qu'à faire *hic !* autant que tu veux, moi je dors, grogne le roi en bâillant et se retournant vers le mur.

Il sent qu'il va rêver de petits pains chauds et moelleux. Mais... n'a-t-il pas entendu une clé tourner dans la serrure ? Le roi rouvre les yeux. Qu'est-ce que l'araignée a à voir là-dedans ? Ce fil... et si c'était ? Le roi décide d'en avoir le cœur net. Il sort de son lit et s'approche de la porte, baisse doucement la poignée... et la porte s'ouvre ! Il aperçoit la clé de l'autre côté, tout emmêlée dans des fils. Comment l'araignée a-t-elle fait pour tourner cette grosse clé en tissant sa toile ?

Il entend toujours la machine à morse crépiter au fond du couloir. *Clac, clac* stop. Et le roi comprend qu'il doit saisir sa chance. S'il veut s'enfuir, c'est maintenant ou jamais. Il enfile ses chaussures et noue ses lacets. Mais il se ravise soudain : s'enfuir, alors qu'il va avoir des gaufres au petit déjeuner ? Voilà qui mérite réflexion. Est-ce vraiment indispensable qu'il s'enfuie ? Mais il repense à ce qu'a dit le petit garçon aux cheveux rouges. Sur ce que cela implique d'être roi. D'ailleurs, ça ne sent pas la pâte à gaufres, mais juste l'odeur de l'appareil qu'on a branché. Il se faufile jusqu'à la porte et s'arrête net : ses chaussures claquent sur le sol. Il tend l'oreille ; le crépitement des messages continue là-bas dans la pièce. Il se concentre pour mettre un pied devant l'autre au même moment que la machine à morse fait *clac.* Ce n'est pas facile. *Clac, clac* stop. *Clic, clac* stop *clac.* On dirait qu'il fait des claquettes, cependant, il avance et parvient à s'emparer des clés de la voiture, qui sont accrochées à leur place, sur le tableau des clés. Il saisit son manteau d'hermine sur le valet dans l'entrée et s'apprête à sortir quand il sent quelque chose le chatouiller dans la nuque. Il se liquéfie sur place, avant de comprendre qu'il ne s'agit pas du sabre d'Åke mais de l'araignée ! Elle a grimpé sur lui et s'est mise sur son col d'hermine blanche.

– Bon, je t'engage, camarade, chuchote le roi. J'ai renvoyé le serviteur Åke.

Il se précipite aussitôt vers la vieille Rolls-Royce noire que son arrière-grand-père avait reçu en cadeau du roi d'Angleterre. Il se glisse derrière le volant et met la clé de contact. À cet instant, il ne lui déplairait pas d'avoir une petite voiture japonaise qui démarre toujours au quart de tour... Mais il croise les doigts. Il tire le starter, tourne la clé et donne de petites impulsions sur l'accélérateur.

Le moteur récalcitrant geint : *Oink, oink, oink.*

Des cris s'élèvent du chalet :

– Eh, arrêtez-vous ! Zut et zut ! Votre Majesté... !

Le roi fait une nouvelle tentative.

Oink, oink, oink.

– Et mon petit déjeuner, hein ? Il faut que je vous fourre dans le moule à gaufres !

Le roi donne des coups désespérés sur l'accélérateur car, dans le rétroviseur, il aperçoit un immense babouin tout nu qui court vers la voiture.

– Démarre, espèce de voiture anglaise mal foutue !

Le reflet du babouin remplit tout le rétroviseur quand le moteur démarre enfin. Le roi lâche alors la pédale d'embrayage et s'engage sur le chemin pour rejoindre cahin-caha la route principale.

– Ouf ! C'était moins une ! s'exclame-t-il en regardant encore une fois dans le rétroviseur, où il n'aperçoit plus que le chalet.

– *Hic !* s'exclame l'araignée qui a grimpé sur l'étagère à chapeaux, à l'intérieur de la Rolls.

– Qu'est-ce que c'est, camarade ?

Le roi aperçoit dans la glace deux oreilles pointues et poilues, et une frange de cheveux gris qui ressortent juste au-dessus du coffre à bagages. Il pousse des jurons royaux : le babouin s'est accroché au pare-choc ! Ce singe ignore-t-il donc la législation en vigueur dans le Sud-Trøndelag, qui interdit à quiconque de s'accrocher aux voitures ? Mais ce qu'il voit soudain devant lui le fait sourire. Il baisse la vitre, appuie à fond sur le champignon et crie :

– C'est le moment ou jamais de faire un peu d'exercice, Åke !

La voiture bondit quand il passe à toute allure sur le ralentisseur : on dirait un cheval qui se cabre et qui donne un coup de pied pour se débarrasser de son cavalier. Puis on entend un hurlement de singe, qui s'éteint dans le lointain.

En riant, le roi vérifie dans le rétro qu'il s'est bien débarrassé de son passager clandestin.

– Tu as envie de voir un babouin volant, camarade ?

En effet, quelque part entre le Sud-Trøndelag et le ciel, un babouin gris fait un joli vol plané avant de retomber sur la terre.

– Allez, rentrons en Norvège ! s'exclame le roi en pressant sur l'accélérateur.

Durant la dernière demi-heure, la bande des quatre n'a vu *grosso modo* que des étendues de forêts. Et ici et là, un lac, une route. Presque aucune maison. Ils ont perdu de l'altitude et le deltaplane commence à frôler dangereusement la cime des sapins.

– Je crains que nous n'arrivions pas jusqu'à Oslo, déclare le professeur Séraphin.

– Terrain dégagé en vue ! annonce Bulle.

Et en effet, droit devant eux, la forêt de sapins s'arrête et il y a un grand lac gelé. Le professeur fait les manœuvres d'atterrissage et sort les jambes de son sac de couchage.

– Accrochez vos ceintures de sécurité ! crie-t-il.

Le professeur pose déjà ses talons dans la glace, mais le deltaplane familial est si chargé qu'il n'arrive pas à l'arrêter. La machine volante pique vers l'avant et ils se retrouvent tous la tête sur la glace.

– Tout le monde est entier ? demande le professeur Séraphin en aidant galamment Mme Strobe à se relever.

– Sauf lui, constate Bulle avec une pointe de tristesse en montrant le nez du deltaplane qui s'est cassé en heurtant la surface gelée.

– Qu'est-ce qu'on fait maintenant ? s'inquiète Lise, une fois qu'elle a brossé ses vêtements et constaté qu'ils sont cernés par une sombre forêt.

– Nous allons utiliser la meilleure invention pour le voyage qui existe, lui répond le professeur Séraphin.

– Et c'est quoi ? demande Bulle excité.

– Les jambes ! déclare Séraphin en se mettant à marcher.

Ils se dirigent vers la forêt, s'enfoncent dans la neige et arrivent à un endroit où la couche de neige est moins profonde. Au bout d'un moment, ils marquent une pause pour reprendre leur souffle.

– Je ne veux pas faire la ronchon, déclare Mme Strobe qui s'est assise sur une souche d'arbre, mais j'ai perdu une chaussure à l'atterrissage et, dans ces conditions, je ne sais pas si je pourrai continuer à marcher encore longtemps...

Elle n'a pas dit un mot depuis le début sur son pied qui lui fait mal, mais maintenant qu'elle a enlevé sa chaussette, tous voient qu'il est en sang et tout enflé.

Soudain, ils entendent un bruit familier.

Une voiture.

Puis le bruit s'évanouit.

Bulle court dans un sens et revient aussitôt.

– Il y a une route juste devant nous, explique-t-il.

Ils aident Mme Strobe et arrivent sur une route étroite, couverte de gravier.

– Si une voiture est passée, il y en aura d'autres, dit le professeur Séraphin.

Tous attendent donc le passage du prochain véhicule. Ils attendent et attendent encore.

– Il n'y a personne, soupire Lise qui commence à trouver le temps long.

– C'est exactement comme quand on fait bouillir l'eau et que cela tarde. Il suffit de quitter la pièce pour que l'eau se mette à bouillir. Venez, on va faire un tour en forêt !

Les autres hésitent, puis se lèvent, et juste quand ils sont au bord de la forêt, ils entendent un bruit de moteur.

– Qu'est-ce que je vous disais ? lance Bulle en revenant sur ses pas à la vitesse de l'éclair.

– Effectivement, une voiture approche !

– Faisons de l'auto-stop, propose le professeur Séraphin en tendant son pouce.

– J'ai une autre technique, déclare Bulle en se postant au beau milieu de la route et en agitant les deux bras.

Dix secondes plus tard, ils sont tous bien au chaud dans une voiture.

– C'est très aimable à vous, déclare Mme Strobe en éternuant.

– Je vous en prie, dit le chauffeur. Qu'est-che que vous allez faire à Oslo ?

– Sauver Gregor Galvanius, répond Bulle. Et la Norvège. Et le reste du monde, tant qu'à faire. Et vous ?

– Moi ? J'ai reçu une lettre de l'Armée me donnant l'ordre de me présenter au Château. On va me donner un uniforme, un fusil et on va m'envoyer au Danemark.

– Êtes-vous sûr que c'est une bonne idée ? hasarde Lise, coincée sur le siège arrière.

Le chauffeur la regarde dans le rétroviseur.

– Ch'est une super idée. Chi on ne les bat pas, ch'est eux qui vont nous battre. Vous n'avez pas entendu che qu'a dit le président ?

– Justement, à ce propos, intervient le professeur Séraphin. Est-ce que nous pourrions allumer la radio ?

– Pas de problème, dit l'homme. Et il appuie sur un bouton.

On entend un chant choral. Le professeur cherche une autre station : encore des chœurs. Autre station : une autre chorale... Séraphin a beau faire toutes les stations, partout il n'y a que des chœurs.

– Vous cherchez quelque chose de particulier ?

– Le discours du roi, répond le professeur Séraphin.

Le chauffeur fusille du regard le professeur :

– Quel roi ?

– Notre roi.

– Je ne connais pas de roi.

Les autres dans la voiture frissonnent.

Le professeur s'éclaircit la voix.

– Je pense que vous reconnaîtriez la voix du roi si vous l'entendiez. Et vous comprendriez que la raison impose de ne pas croire aux propos de Hallvard Tenoresen.

Le professeur manque de se cogner le front contre la vitre, tellement le chauffeur a pilé net, en plein milieu de la route.

– Ch'est ici que vous descendez, déclare l'homme en se penchant pour ouvrir la portière côté passager. Terminus !

– Mais...

– Dehors ! Je ne veux pas de traîtres dans ma voiture.

– Eh oui, ce sont des choses qui arrivent, soupire Séraphin en regardant s'éloigner la voiture qui soulève des nuages de neige.

La troupe se remet à marcher. Mais derrière chaque virage, ils découvrent une nouvelle forêt de sapins, encore de la neige et d'autres virages. Ils ont froid, mais ils marchent quand même. Ils essaient plusieurs fois de faire le coup de quitter la route pour que les voitures arrivent, mais ça ne marche pas. Ils ont de plus en plus froid.

– Il arrive ce bus, oui ou non ? soupire Lise.

– Il arrive ce petit déjeuner, oui ou non ? renchérit Bulle en recrachant les aiguilles de pin qu'il a mâchonnées, histoire d'avoir quelque chose à se mettre sous la dent.

– Il a-a-rrive l'été, oui ou non ? geint Mme Strobe en claquant des dents.

Enfin, au bout d'un temps très long, un bruit se rapproche et devient de plus en plus fort.

– Qu-qu-qu'est-ce que ça peut être ? demande Mme Strobe, qui éternue encore.

– Hum, dit le professeur Séraphin en regardant le ciel. On dirait une armada de bombardiers. Peut-être qu'ils se dirigent déjà vers le Danemark ?

Découragée, Lise pousse un gémissement.

– Si ça continue, nous ne réussirons jamais à sauver qui que ce soit...

Le bruit se rapproche.

– Tous aux abris ! crie le professeur Séraphin. Vite, dans la forêt !

– Attendez ! dit Bulle. Ce n'est pas un bombardier. C'est un « la » dièse. Un parfait « la » dièse, d'ailleurs.

Ils s'arrêtent et guettent ce qui va surgir dans le virage.

Apparaît alors une moto qui fait un boucan d'enfer, dotée du plus grand side-car qu'on ait jamais vu, puisque c'est une véritable loge de théâtre.

Et aux commandes de l'engin, dans son manteau rouge au col blanc, ils reconnaissent l'homme :

– Vo-vo-votre Majesté Royale ! s'écrie Mme Strobe qui en bégaie de stupéfaction.

De loin, la moto éclaire la route, freine, puis se range sur le côté, recule légèrement, se met encore un peu plus sur le côté, et avance pour s'arrêter enfin juste à leur hauteur.

– Perry ! s'exclame Bulle en apercevant son ami à sept pattes dans la fourrure blanche du col.

– Rosemarie ! s'écrie le roi. Et... et...

Il est clair qu'il ne se rappelle pas le nom des autres. Alors, il se contente de dire :

– Et vous tous ! Vous ne pouvez pas imaginer ce qui m'est arrivé après votre départ. Je...

– Attendez, le coupe le professeur Séraphin. Le temps est compté, vous nous raconterez tout ça en chemin. Allez, montez tous dans le side-car !

Le professeur regarde le roi.

– C'est moi qui conduis.

– Mais... mais je suis le roi.

– Oui, mais c'est ma moto, rétorque Séraphin en enfourchant son engin et en poussant le souverain, déjà sur la selle, avec ses fesses. Tout le monde est à sa place ?

Et quand tout le monde a crié « oui ! » dans le side-car, Séraphin tourne la poignée de l'accélérateur et démarre en trombe.

CHAPITRE 24

Plan B pour Bulle

Et tandis qu'ils roulent à toute allure, le roi raconte tout en forçant la voix pour couvrir le bruit du moteur. Il explique que la barrière était baissée quand il est arrivé à la frontière et que deux étranges douaniers lui ont dit que personne n'avait le droit de passer, et surtout pas le roi.

– Alors, j'ai fait demi-tour, et sur le chemin, j'ai pris un auto-stoppeur en maillot rouge. Il m'a dit qu'il s'appelait Petter, qu'il avait perdu tout son argent en se faisant plumer au poker à Klæbu et qu'il voulait retrouver sa maison et ses deltaplanes.

Le roi avait donc ramené Petter chez lui. Ce dernier lui avait ensuite servi du chocolat chaud et l'avait battu quatre fois aux échecs chinois en criant chaque fois : « Ah, voilà ce que c'est que de jouer contre Petter ! » Puis il l'avait emmené dans sa barque, de l'autre côté de la frontière, et lui avait conseillé de suivre la ligne haute tension. C'était le plus sûr moyen d'entrer en Norvège sans se faire repérer. Le roi avait vu des traces dans la neige, conduisant à une maison rouge habitée par un vieux bonhomme, qui s'était présenté comme étant un passeur doué pour l'imposition des mains.

– C'est lui qui m'a vendu cette motocyclette, déclare le roi.

– Vendu ? s'étrangle Séraphin. Il a vendu MA moto !

– Oui, pour neuf mille neuf cent quatre-vingt-dix-neuf couronnes. Plus une séance d'imposition des mains pour me guérir d'une arthrose du foie et une bronchite du rectum. Un type vraiment compétent. Je ne savais même pas que j'avais ces maladies...

Ils traversent en trombe la forêt et, après plusieurs carrefours, débouchent sur une route plus large. Il y a bientôt davantage de circulation. Puis au bout d'un moment apparaît un panneau :

OSLO 1 kilomètre

Lorsque l'horloge sur la tour de l'hôtel de ville indique trois heures, la moto est garée devant le salon de thé Syvertsen. La serveuse – qui ne s'appelle pas Merete – leur ressert du thé, Mme Strobe ne claque plus des dents et Bulle a englouti, à retardement, deux petits déjeuners et demi quand le professeur se décide enfin à prendre la parole :

– Si nous voulons sauver Gregor, le pays et le reste du monde, il faut agir vite. Mais nous ignorons là où

Gregor est détenu, ainsi que les plans exacts de Jodolf pour l'invasion du Danemark. Sans ces données, il paraît difficile d'intervenir.

– Dommage que vous ne connaissiez pas l'alphabet morse, dit Lise au roi, sinon vous auriez pu nous dire ce que votre serviteur Åke avait écrit et reçu comme messages.

– Tout ce dont je me souviens, c'est que l'appareil n'arrêtait pas de crépiter au moment où je me suis enfui, soupire le roi qui a la bouche pleine de gaufres. Ça faisait *clic, clic. Clic !* et puis je ne sais plus très bien.

– C'est un C puis un R, déclare Lise. On n'est guère avancés...

– Vous connaissez l'alphabet morse ? s'étonne le roi visiblement très impressionné par les connaissances de la demoiselle.

Lise fait signe que oui.

– Vous ne vous souvenez vraiment pas de la suite ?

– Laissez-moi me concentrer, fait-il en grimaçant.

– *Hic, hic !*

– C'est un É, affirme Lise.

– Mais je n'ai rien dit, proteste le roi qui arrête de se torturer les méninges.

Quatre paires de pupilles se tournent vers Bulle qui lève les yeux vers le haut. Sur sa tête, Perry continue de hoqueter :

– *Hic ! hic hic ! hic !...*

– Un T, dit Lise. Puis I-N-S stop E-N stop R-O-U-T-E stop.

– CRÉTINS EN ROUTE ! s'écrie Bulle. Perry a tout mémorisé ! Est-ce que tu te rappelles encore autre chose, Perry ?

L'araignée récite alors tout ce qu'elle a retenu. Lise sort un stylo pour prendre des notes et à la fin, elle lit ce qu'elle a écrit sur sa serviette :

– Crétins en route vers Oslo pour sauver crapaud fou.

Mme Strobe se mouche dans un grand mouchoir :

– Les *crétins* ? répète-t-elle, la main déjà prête à s'abattre sur la table.

– Ce n'est pas fini, ajoute Lise. Voici la réponse d'Oslo : *Crétins arrivent trop tard, ha, ha ! Crapaud enfermé dans tour du Château pour être grillé demain matin au petit déjeuner. On passera disques BABA pour l'affaiblir. Miam, de bonnes gaufres dans l'estomac avant attaquer Danemark. Surveiller roitelet.*

– Roitelet ? s'insurge le roi, prêt à taper du poing sur la table, lui aussi.

– Nous devons sauver Gregor avant qu'il ne finisse en pâte à gaufres, lance Bulle.

– Ils ont compris que notre ami perd tous ses moyens dès qu'il entend une chanson de BABA, explique Lise.

– Ah, ce cher et bôvre Grego ! dit Mme Strobe décidément très enrhumée, en essuyant une larme au coin de son œil.

Le roi l'observe sans comprendre.

– Votre Majesté Royale, déclare le professeur Séraphin. Vous devez tenir un discours à la télévision. Maintenant, tout de suite ! À vous d'utiliser tous vos dons de persuasion pour dire aux Norvégiens de se lancer demain à l'assaut du Château !

– Ah, vous croyez ? hésite le roi, qui n'a pas quitté des yeux Mme Strobe. Pour sauver ce cher pauvre type ? Comme si un roi n'avait que ça à faire !

– Oh ! mais Votre Majesté, s'écrie Mme Strobe en prenant la serviette sur laquelle Lise a écrit. Mais il le faut !

– Le faut-il vraiment, Rosemarie ? insiste le roi en croisant les bras. Et si je ne le fais pas ?

Rosemarie le fixe longuement. Puis elle inspire. Elle se gonfle pour ainsi dire avant de porter à son nez la serviette et de souffler en poussant un vrai barrissement d'éléphant : ses narines vibrent, les lustres tintent et tous les clients du salon de thé Syvertsen se tournent effrayés vers leur table. Puis elle adresse au roi son fameux regard qui tue.

Mais le roi secoue la tête avec obstination :

– Il faudra trouver autre chose pour me convaincre. Je n'ai aucune envie d'aider un crétin que je ne connais même pas et dont vous êtes follement éprise, puisque vous êtes capable de faire n'importe quoi pour le sauver !

Mme Strobe abandonne soudain son regard perçant et se met à bégayer :

– É-éprise ? Moi ?

– On a tous compris, s'emporte le roi. Et cela me fait de la peine, Rosemarie.

Sa voix est soudain nouée par un sanglot.

– Beaucoup de peine, si vous voulez savoir. Je suis quand même le roi, que je sache. Et lui, c'est qui ? Un crapaud ? Je regrette, Rosemarie, mais c'est trop humiliant pour moi. Débrouillez-vous toute seule.

Mme Strobe et les autres restent sans voix. Ensuite, le roi se lève, enlève les miettes de gâteau tombées sur son manteau et sort fièrement en claquant la porte qui tinte derrière lui.

– On n'a pas été bons sur ce coup-là, déclare le professeur Séraphin.

– Et on fait quoi maintenant ? soupire Lise.

– Élémentaire, répond Bulle en sautant à pieds joints sur la table. La bande des quatre va mettre en œuvre le plan B.

– À savoir ?

– Euh, il faut l'établir, naturellement. Plan B pour Bulle. Il sera aussi magnifique, aussi petit et avec autant de taches de rousseur que lui. Un plan intelligent, stylé et simple. Bref, un plan B si génial qu'il est incompréhensible qu'il n'ait pas été le plan A !

Séraphin toussote.

– Quand tu auras terminé de faire ta publicité, on pourra peut-être commencer.

– Bien sûr, dit Bulle en sautant au bas de la table. Quelqu'un a une idée ?

Long silence autour de la table.

Mme Strobe, qui parle toujours du nez, finit par demander :

– Et si nous allions à la tour ouvrir la borte de sa brison ? Comme ça, Grego bourrait sortir... ?

– Évidemment, c'est simple, madame Strobe, commente Bulle. Mais honnêtement, ce plan n'est pas assez génial et stylé. À moins d'avoir une forte envie de finir en gaufres... Cette tour est mieux gardée que la Banque de Norvège. En plus, ils savent qu'on est en route pour sauver Gregor. Non, il faut ruser. D'autres propositions ?

Ils se taisent si longtemps qu'ils peuvent entendre l'aiguille des secondes trotter sur l'horloge du mur. Le petit bruit leur rappelle ce qui va inexorablement arriver s'ils n'ont pas vite une idée géniale, simple mais stylée...

– Je crois que j'ai une idée, dit Lise.

– Laquelle ? disent les autres en chœur.

– On va tous s'installer à l'hôtel ! répond-elle.

CHAPITRE 25

La tentative de Grande Évasion

La nuit est tombée à Oslo. Dans le ciel sans nuage et plein d'étoiles, la lune suspendue comme une lanterne en papier de riz blanc ivoire éclaire l'hôtel Radisson de vingt étages de haut, situé à côté du parc royal, la tour de prison du Château, ainsi qu'une grosse machine métallique installée dans la cour d'honneur juste derrière le portail, qui ressemble affreusement à un moule à gaufres rond, en cent fois plus grand. La lune brille sur la porte de l'arrière-cour, où deux soldats moustachus et vêtus d'uniformes noirs, coiffés de chapeaux ridicules avec des glands, montent la garde.

– On a quand même du bol d'avoir un chiel aussi beau en Norvège, dit celui à la moustache frisée. Tu trouves pas, Ralf ?

– Cha, ch'est bien vrai, Rolf, répond l'autre à la moustache en accent circonflexe. Personne n'a d'aussi belles étoiles que nous.

– Je suis drôlement ému à la pensée que Dieu a choisi de nous offrir à nous un chiel aussi beau.

– Pas étonnant que les Danois veuillent nous piquer notre chiel.

– Che chiel qui appartient à la patrie des Géants ! Quelle honte ! J'avoue que je me fais une joie de leur mettre la pâtée.

– Tu veux dire « une raclée » ?

– Si tu préfères, Ralf. Et j'ai hâte aussi de voir l'exécution demain matin.

– Je me demande à quoi il pense, l'espèce de crapaud, murmure Ralf, songeur.

Tous deux lèvent les yeux vers la tour de prison, dont la silhouette se dessine contre le ciel étoilé.

– Étrange, dit Rolf, celui qui a une moustache frisée, en tapant des pieds sur le sol pour se réchauffer. J'ai cru un instant apercevoir un petit garçon suspendu dans le chiel.

– Ha, ha ! s'esclaffe Ralf.

Bulle reste parfaitement immobile et garde l'équilibre. Il s'est arrêté net quand un des deux gardes a soudain levé les yeux. Pourvu qu'il ne l'ait pas vu !

Il sent que le fil presque invisible de l'araignée tremble un peu sous ses chaussures d'équilibriste. Il se retourne prudemment vers l'hôtel Radisson, plus exactement la chambre 1146, où le fil est attaché au minibar. Dans l'obscurité, il croit distinguer les silhouettes de Lise,

du professeur Séraphin et de Mme Strobe à la fenêtre. Il regarde de nouveau droit devant lui, en direction de la tour de prison. Le vent souffle toujours plus fort en altitude, mais ce soir, c'est un plus. Vingt minutes plus tôt, ils sont allés à l'hôtel et ils ont demandé une chambre à un étage élevé, avec vue sur le Château. Par chance, la 1146 était libre et on leur a remis une carte magnétique pour pouvoir y accéder. Ils ont pris l'ascenseur jusqu'au onzième étage et, une fois à l'intérieur, ils ont mis en œuvre le plan concocté par Lise.

En effet, la fillette a lu que pour faire de longs déplacements, les araignées utilisent parfois leur propre toile comme voile pour voler. Mme Strobe a confirmé l'exactitude de ses propos. C'est donc ce que Perry a fait : pendant que le professeur Séraphin vérifiait que le vent soufflait *grosso modo* dans la bonne direction, l'araignée aussi habile que maligne, a tissé son propre petit deltaplane, fixé une extrémité de son fil au minibar et sauté par la fenêtre. Et au lieu de finir comme une crêpe, Perry a vogué dans les airs, survolé le parc du Château et a disparu dans l'obscurité avec un petit *hic !*

Ils ont attendu presque dix minutes le signal convenu : trois coups secs sur le fil indiquent que Perry est arrivée à bon port dans la prison du Château et qu'elle a fixé l'autre extrémité du fil.

Puis ça a été le tour de Bulle. Qui d'autre que lui – grâce à sa petite taille et son faible poids – pourrait jouer au funambule et se glisser entre les barreaux de la prison où est enfermé Gregor ? Les autres lui ont laissé la voie libre.

Le garçon aux cheveux roux a donc enfilé les chaussures d'équilibriste du professeur et s'est avancé doucement sur le fil tissé par Perry.

Juste avant, Séraphin lui a remis son casque rose « surdité renforcée » pour les oreilles, ainsi qu'un flacon de

« Boisson énergétique du professeur Séraphin au piment mexicain. Extrêmement épicé. »

Ainsi équipé, Bulle a commencé à marcher sur le fil jusqu'au moment où il s'est arrêté net parce que les gardes se sont mis à admirer le ciel.

Et nous voilà revenus au même point.

Bulle retient son souffle, puis reprend sa marche de funambule en direction de la tour de prison quand il comprend que les gardes ne l'ont pas vu.

Il entend de la musique, une voix familière de femme qui chante :

Mamma mia, here I go again
My my, how can I resist you[1] *?*

Et là, dans la pénombre d'une des meurtrières, il aperçoit les huit yeux noirs de Perry.

Bulle parcourt les derniers mètres, saute sur le balcon de ronde autour de la tour et attend que Perry ait regagné son poste au milieu de ses cheveux roux pour glisser sa tête entre les barreaux.

C'est une cellule sombre avec des murs nus. Mais à la clarté de la lune et d'une chandelle, il aperçoit Gregor Galvanius. Ses poignets et ses chevilles sont attachés par

---

1. Mamma Mia, me revoilà
Oh, comment puis-je te résister ?

des chaînes fixées au mur. Il n'a sur lui qu'un caleçon long et blanc – enfin, si on peut appeler ça blanc... Sinon, il est nu. Son buste maigre a la couleur du lait caillé et son visage triste a l'air encore plus triste, à cause de sa barbe naissante et des poches noires sous ses yeux.

– Gregor ! chuchote Bulle.

Aucune réaction.

– Gregor ! Nous sommes venus pour vous sauver.

Le pauvre homme soulève lentement son visage et jette d'abord un regard absent sur Bulle. Puis, comprenant que c'est bien Bulle et qu'il ne rêve pas, son visage s'éclaire enfin.

Le petit garçon passe sa tête entre les barreaux et parvient à se glisser à l'intérieur.

– Pour commencer, mettez ça, dit Bulle en tendant à Gregor les cache-oreilles rose, ainsi vous n'entendrez plus cette musique. Et puis prenez une petite gorgée de ça.

Il débouche la bouteille et lui tend.

– Cela devrait vous rendre assez fort pour briser ces chaînes et ouvrir cette porte. Vite, il n'y a pas de temps à perdre. Les autres nous attendent.

Au moment où Bulle lui donne le casque antibruit, le visage de Gregor change soudain, ou plus exactement se transforme. Sous les yeux stupéfaits du garçon, sa tête rapetisse, s'arrondit. Les poils de barbe, les poches sous les yeux disparaissent tandis que surgissent des taches de rousseur et un petit nez retroussé, et pour finir des cheveux si rouges qu'ils ne peuvent appartenir qu'à quelqu'un qu'il connaît bien :

Lui-même !

Bulle est en quelque sorte face à un autre lui-même. Celui-ci éclate de rire et ouvre la bouche, laissant voir des dents pointues et une langue rose qui bat contre son palais au rythme des éclats de rire qui couvrent la chanson d'Agnetha. En baissant les yeux, Bulle aperçoit des chaussettes trouées d'où sortent des ongles hideux et crochus. Une longue queue grise et poilue traîne sur le sol en pierres.

– Horreur ! s'écrie Bulle.

– *Hic !* fait Perry.

– Double horreur ! hurle Bulle.

– *Hic ! Hic !* réplique Perry.

Le sosie rieur de Bulle à la queue poilue fait un pas sur le côté et le vrai Gregor apparaît alors. Ses yeux sont à moitié fermés, comme s'il était à moitié évanoui.

– Depuis le temps que j'attendais cette visite ! s'écrie le sosie dont Bulle reconnaît la voix pour l'avoir entendue la première fois au Château.

C'est Jodolf Staler en personne ! Mais déjà le visage et la silhouette se métamorphosent et Bulle reconnaît Hallvard Tenoresen, qui prend une expression désolée :

– Je regrette vraiment que nous n'ayons guère le temps de faire plus ample connaissance. Puisque vous allez malheureusement tous les deux finir en gaufres demain.

Au même moment, la porte s'ouvre et quatre babouins entrent. Avant que Bulle ait pu dire « flanc au caramel », par exemple, les babouins se saisissent de lui et l'enchaînent à côté de Gregor.

Jodolf s'approche de Bulle et penche la tête sur le côté pour examiner ce drôle de petit bonhomme sous toutes les coutures. Puis il saisit Perry au milieu de sa tignasse rouge, tient l'araignée entre le pouce et l'index, avec l'air d'hésiter à l'écrabouiller. Finalement, il la fait entrer dans la bouteille de Boisson énergétique du professeur Séraphin, revisse le bouchon et pose le tout sur le rebord de la fenêtre.

– Maintenant, vous allez voir votre ami mourir étouffé par manque d'oxygène, annonce Jodolf.

Puis il tend la main à l'extérieur et saisit le fil d'araignée.

– Hum, astucieux, dit-il. Tandoora, va vite voir où mène ce fil. Si mes calculs s'avèrent exacts, nous devrions trouver le reste des terroristes à l'autre extrémité.

– J'y vais de ce pas, Jodolf, lance le plus petit des babouins en disparaissant aussitôt.

– Monte la garde, Göran, ordonne Jodolf en coupant le fil d'araignée d'un coup sec, *schlak* !

– Moi ? Mais je suis...

– Le commandant en chef de l'armée des Gaufres Volantes, je sais. Mais jusqu'à nouvel ordre, c'est encore moi qui décide ! Allons donc voir ce que Tandoora a trouvé.

Sur ces mots, Jodolf pousse les autres babouins devant lui, ouvre la porte et tend le trousseau de clés à Göran.

– Est-ce que je peux..., commence le commandant en chef de l'armée.

– Non, réplique sèchement Jodolf. Non, PAS de tortures ! Ils ont meilleur goût quand ils ne sont pas torturés avant.

Göran pousse un juron inaudible, attrape les clés et les fait disparaître. Puis Bulle entend le raclement d'une chaise quand celui-ci s'assied dans le couloir et monte à fond la musique.

– Eh oui, soupire Bulle, ça ne marche pas à tous les coups.

– Ça ne marche jamais, tu veux dire, se lamente Gregor. Ah, si seulement ils pouvaient éteindre cette musique infernale !

– Les autres vont certainement venir nous délivrer, déclare Bulle pour lui donner du courage.

Mais Gregor l'interrompt, agacé :

– Tu as vu les gardes autour du Château ? Ils ont cinquante caméléons lunaires et cent Norvégiens hypnotisés jusqu'aux orteils qui portent un fusil et de grosses bottes. Laisse tomber. On est cuits !

Bulle pousse un gros soupir et se tait, puisque Gregor n'a pas l'air d'être d'humeur causante. Au bout d'un moment, ils entendent leur garde ronfler dans le couloir.

– Hé ! J'ai une idée, chuchote Bulle.

– Oh non ! gémit Gregor. Je suis à bout.

– C'est tout simple, plaide Bulle. Tu n'as qu'à tendre la langue.

CHAPITRE 26

Rampe d'escalier et crottes de chameau

– Oh non ! s'écrie Lise. Ils ont été faits prisonniers ! Dans la chambre 1146 de l'hôtel Radisson, le professeur Séraphin et Mme Strobe assis à côté de la fillette scrutent l'obscurité de leur fenêtre. Le vieux savant tient le fil qu'il a ramené quand il a senti que l'extrémité a été coupée.

– On ne va pas tarder à se faire arrêter, soupire Séraphin. Jodolf a certainement vu que le fil partait d'ici. Il faut quitter les lieux au plus vite, vous entendez ?

Il lâche le fil et sort précipitamment de la pièce, les autres sur ses talons. Au bout du couloir, ils s'arrêtent devant l'ascenseur.

– On a de la chance, l'ascenseur est en train de monter, déclare Mme Strobe en pointant avec l'index les chiffres des étages qui s'allument au fur et à mesure.

– Et si c'étaient les caméléons lunaires qui montaient ? hasarde Lise.

– Non, ils ne seraient pas aussi bêtes.

Silence. L'ascenseur est à présent entre le septième et le huitième étage.

– D'un autre côté, descendre les escaliers, c'est bon pour la santé, fait remarquer Séraphin.

L'ascenseur arrive au neuvième étage.

– C'est très sain de faire de la gymnastique dans les escaliers, renchérit Lise.

Dixième étage.

– On dit que le sport, ça prolonge la vie, déclare finalement Mme Strobe.

– Venez ! tranche Séraphin.

Branle-bas de combat ! Tous trois se précipitent vers la porte au-dessus de laquelle le mot SORTIE en vert est allumé.

À l'instant où la porte se referme derrière eux, ils entendent l'ascenseur s'arrêter à leur étage et les portes coulisser.

– La rampe ! s'écrie Lise en désignant la rampe qui descend en spirale jusqu'en bas, en décrivant des cercles de plus en plus petits. Bulle, lui, aurait pris la rampe...

Aussitôt dit aussitôt fait. Elle s'installe à califourchon, lâche prise et commence à glisser en arrière. Et avant d'avoir passé le premier virage, elle voit le professeur Séraphin aider Mme Strobe à grimper sur la rampe à son tour.

Ça tourne, ça tourne, ça va de plus en plus vite. Les murs, les paliers, les portes d'incendie, tout se confond. Quand Lise atterrit enfin sur les fesses au rez-de-chaussée, elle a le tournis et n'arrive pas à se tenir debout. Puis Mme Strobe arrive. Boum !

– Mais que fait Séraphin ? s'inquiète Lise en le cherchant des yeux.

Le voilà enfin. Il se laisse lentement glisser en serrant bien la rampe entre ses cuisses tout en gémissant de douleur.

– Mais ne serrez pas aussi fort ! lui conseille Mme Strobe.

Le professeur a dû changer de méthode, car il arrive soudain à toute allure et... boum ! se retrouve par terre. Ça sent une odeur de tissu brûlé et le professeur essaie désespérément de souffler sur ses cuisses endolories.

Lise entend alors claquer une porte tout en haut et jette un coup d'œil dans la cage d'escalier. Elle a aperçu des silhouettes penchées... Des visages noirs encadrés de cheveux gris. Puis une voix retentit, une voix qui hurle :

– C'est eux, mais bon sang, attrapez-les ! Dépêchez-vous !

– Vite ! crie Lise en ouvrant la première porte qui se présente.

De l'autre côté, c'est le hall d'accueil avec la réception. Lise fonce vers la porte à tambour, suivie de près par Séraphin et Mme Strobe. Ils traversent au pas de course la place Holberg et arrivent à l'arrêt de bus et au parking.

– Ils sont derrière nous ! s'écrie Mme Strobe à bout de souffle.

– Ils gagnent du terrain, halète le professeur Séraphin.

Lise prend les jambes à son cou, elle sait ce qui lui reste à faire si elle ne veut pas se transformer en gaufre.

Elle prend son élan et bondit sur la MAS – la Moto Avec Side-car – donne un coup à la béquille, et essaie de faire marcher le démarreur. Mais rien ne se passe.

Elle recommence.

Rien.

Encore une fois.

Toujours rien.

Mme Strobe a grimpé dans le side-car, suivie du professeur Séraphin. Lise se retourne. Elle ne voit personne, mais elle entend des petits pas qui trottent s'accompagnant d'un bruit d'ongles de pied qui raclent le bitume. Les bestioles camouflées arrivent au pas de course.

La fillette saute et atterrit de tout son poids sur le démarreur.

Vroum !

Elle a enfin réussi à démarrer la moto, mais elle n'a encore jamais conduit un tel engin de sa vie !

– Levier d'embrayage et changement de vitesse ! crie Séraphin. Levier d'embrayage et changement de vitesse !

– Facile à dire, mais c'est où ? s'inquiète Lise en touchant les poignées.

Ils sont tout près maintenant. Lise appuie, donne des coups en vain. Soudain, elle sent quelqu'un s'asseoir derrière elle et passer les bras au-dessus de ses épaules.

– Comme ça !

Ouf ! c'est le professeur Séraphin.

La moto part en flèche du trottoir et s'éloigne.

– Dirige maintenant ta langue vers la droite, chuchote Bulle.

Il a tourné la tête de façon à bien voir la langue bleutée de crapaud de Gregor qu'il a déroulée entre les barreaux de la cellule.

– Où ça ? gémit Gregor la bouche grande ouverte.

– Vers la droite. Il faut que ta langue tourne au coin. Göran est assis quelque part dans ce couloir.

– C'est pas facile, geint Gregor.

– Mais tu dois y arriver ! insiste Bulle. C'est notre seule chance de nous en tirer vivants.

Gregor pousse un soupir d'une lassitude infinie, mais il réussit à allonger encore un peu la langue et à la faire tourner à angle droit. Bulle la perd alors de vue.

– Il s'agit de tâtonner, murmure Bulle. Il a certainement son trousseau de clés sur les genoux.

– Aïe !

– Qu'est-ce qu'il y a ?

– Ma langue est collée !

– Hein ?

– Aïe aïe !

– Chut ! tu vas réveiller Göran.

Bulle comprend ce qui est arrivé : avec le froid, une partie de sa langue s'est retrouvée collée à un des barreaux gelés. Cette même mésaventure lui est déjà arrivée souvent, incapable qu'il est de résister à la tentation de lécher des pointes en fer gelées... Et chaque fois, il a souffert le martyre pour décoller sa langue. Mais sa langue à lui est toute petite, alors que cette langue...

– Ramène-la vers toi, dit Bulle.

– Ça fait mal..., dit Gregor avec des sanglots dans la voix.

– Allez, tire ! lui ordonne Bulle d'un ton impérieux.

Il ferme les yeux et entend le bruit de la peau qui s'arrache.

– Aïe aïe aïe !

« Ouf ! », pense Bulle en ouvrant les yeux. Sur le sol en pierres, la langue ressemble à un morceau de viande de baleine devenue bleue sous l'effet du froid.

– Bravo, Gregor ! Allez on continue !

Sa langue ondule et serpente, mais s'arrête vite.

– Je suis si épuisé, Bulle.

– Pense que nous allons sauver le monde, Gregor.

– Mais je hais le monde !

– Alors pense que tu vas sauver Mme Strobe.

Un silence. Puis la langue se remet à bouger.

– Je sens sa jambe, chuchote Gregor.

– Remonte, dit Bulle.

– Son genou.

– Plus haut.

– Sa cuisse.

– Plus haut.

– C'est quoi, ça ? C'est lisse et dur.

– Euh, dit Bulle qui imagine très bien ce que la langue de Gregor est en train de toucher.

« Pourvu qu'il n'ait pas compris... », se dit-il mais c'est trop tard :

– Beurk ! fait Gregor en fermant les yeux, et il crache.

Dans le couloir, on peut entendre les ronflements réguliers mêlés à de petits grognements de satisfaction. C'en est trop, Bulle éclate de rire. Il a beau avoir les fers aux pieds et aux mains, et être condamné à mort, il se tord de rire.

– C'est pas le moment de laisser tomber, Gregor, chuchote-t-il entre deux accès de fou rire. Tu trouves les clés ?

– Là ! dit Gregor. Je les sens ! Elles sont sur ses genoux.

– Super ! Ramène-les maintenant !

Bulle observe la langue qui s'enroule comme un serpentin jusqu'à ce qu'il n'y ait plus qu'un bout de langue entre les lèvres de Gregor. Et, suspendu tout au bout, il y a un trousseau de clés – des clés pour tout ce qu'on peut imaginer : pour leurs fers, mais aussi pour la porte de leur cellule, la porte de la prison, la porte de l'arrière-cour...

Gregor soulève cependant un problème :

– Comment allons-nous ouvrir les cadenas puisqu'on ne peut pas se servir de nos mains ?

Bulle n'avait pas pensé à ce détail.

Il regarde tristement Perry qui est en train de dépérir dans le flacon. Aucune aide à attendre de son côté désormais. Si près du but... et pourtant.

– Eh oui, vous étiez si près du but ! déclare une voix dans son oreille.

Même si Bulle est frigorifié depuis un petit bout de temps, son sang se glace en entendant cette voix. Jodolf est entré si discrètement qu'ils ne l'ont pas remarqué. Ils le voient maintenant : des parties du mur changent et le grand caméléon lunaire qui ressemble à un babouin se matérialise devant eux.

– J'ai hâte de savoir qui est votre complice, reprend Jodolf. Et où il habite.

Même dans cette situation désespérée, Bulle sent une pointe de joie, car si Jodolf pose cette question, cela veut dire que Lise, le professeur Séraphin et Mme Strobe ont réussi à se sauver à temps !

– Écoute-moi, espèce de babouin mal rasé et mal embouché, tu peux faire ce que tu veux : je ne dirai pas un traître mot. Je vois mal ce que tu pourrais trouver de pire que de nous transformer en gaufres.

– Et un peu de torture, ça te dirait ? dit Jodolf.

– Oh, si ça t'amuse, réplique Bulle avec un large sourire. Les rouquins adorent la douleur, tu ne savais pas ?

– Hum, grogne Jodolf en se tournant vers Gregor. Et toi, crapaud, qu'est-ce que t'en dis ? Toi aussi, la torture, ça te botte ? Qu'est-ce que tu dirais qu'on pousse encore le volume du son ?

Bulle jette un regard inquiet sur Gregor.

– Ce que je préférerais éviter, répond-il, c'est les hémorroïdes de babouins : ça a un goût de crottes de chameau. Sinon, vous pouvez me torturer autant que vous voulez.

Bulle est de nouveau pris d'un fou rire.

Jodolf n'en revient pas. Il secoue la tête, incrédule :

– Vous deux, dit-il, vous n'êtes vraiment pas normaux...

Puis il se dirige vers le rebord de la fenêtre, attrape la bouteille et la secoue, ce qui fait sauter Perry de haut en bas.

– En tout cas, le sort de celle-là est scellé, déclare Jodolf en jetant la bouteille dehors où elle vole en éclats sur les pavés de la cour.

Bulle retient son souffle. Jodolf presse son visage de babouin tout contre le sien.

– Alors, le nain, on fait moins le malin maintenant, hein ?

Bulle déglutit.

Jodolf rit, attrape les clés au bout de la langue de Gregor et sort la tête haute avant de refermer la porte à double tour.

CHAPITRE 27

Le roi est là

Il est bientôt minuit à Oslo. Mais la ville ne s'est pas encore assoupie. Tandis que le roi remonte la rue Kirkeveien, il voit les gens courir, les bras chargés de cartons de nourriture, et des soldats passer dans des camions militaires avec une peinture camouflage. Tout le monde a l'air pressé d'aller au combat. Et fait étrange : personne ne semble le reconnaître. Il vient de boire un petit verre à l'auberge Walkyrie pour noyer son chagrin, parce que sa dulcinée, sa Rosemarie, en aime un autre. Mais le garçon a exigé qu'il paie. Il a eu beau lui expliquer qu'il était le roi, enfin, quoi ! Et, qui plus est, un roi avec *un chagrin d'amour*, il n'y avait rien eu à faire. Quand le garçon a compris que le roi n'avait que des couronnes suédoises sur lui, il l'a tout bonnement jeté dehors comme un malpropre ! Son propre peuple ne le reconnaît plus. Et lui ne reconnaît plus son peuple. C'est triste. Et au fond, assez terrifiant.

Il faut qu'il trouve maintenant un endroit où dormir. Il a téléphoné à des gens qu'il croyait être ses amis pour leur demander de l'héberger pour la nuit, mais ils ont raccroché dès qu'ils ont entendu sa voix. Et s'il appelait l'Armée du salut ? N'est-ce pas cet organisme qui s'occupe de loger les sans-abri ?

Il passe devant un ensemble de bâtiments blancs en pierre, au milieu d'un terrain. Il reconnaît la maison de la Radio et de la Télévision norvégiennes. C'est de là que se diffusait sur les ondes et à la télévision son discours de Nouvel An, en direct du Château. Et voilà que ses jambes le portent toutes seules vers ce lieu, qu'elles franchissent la porte à tambour de la maison de la Télévision. Il arrive à la réception.

– J'aimerais parler à Karl Pape, annonce le roi à la femme derrière le comptoir qui, vu son air sévère, a l'air de faire aussi office d'agent de la sécurité.

– Cha m'étonnerait que vous le connaissiez. Karl Pape est une grande chtar de la télévision.

– Et moi, je suis le roi, déclare le roi.

La femme lui jette un coup d'œil par-dessus ses lunettes :

– Ah bon ? Le roi, et puis quoi encore, mon ami ? Vous avez loué che costume combien ?

Le roi la regarde droit dans les yeux. Ce n'est pas un regard perçant à la Mme Strobe, mais un regard bienveillant, un peu ensommeillé, avec les paupières lourdes. Et il commence à parler d'une voix monocorde et pondérée. Les mots sortent lentement de sa bouche, comme du sirop d'érable par moins vingt, c'est-à-dire au ralenti :

– « Chers concitoyens, chères concitoyennes. Une année vient de s'écouler et elle nous a apporté bien des joies et des avancées dont nous ne pouvons que nous réjouir. Ainsi, le poids moyen des Norvégiens est en constante augmentation et la Norvège est un des pays où les habitants sont les plus heureux du monde. Nous avons remporté la médaille d'or en coupe du monde de combiné nordique en ski Télémark et Honningsvåg a, une nouvelle fois, été élue l'une des villes les plus septentrionales du monde... »

L'agente de sécurité bâille. Le roi continue :

– « Mais l'année qui vient de s'achever a aussi été une année où nous avons été confrontés à de nouveaux problèmes, et il convient que nous réussissions, ensemble, unis, à relever les défis qui nous attendent... »

La tête de l'agente de sécurité tombe un peu en avant, mais le roi se penche pour ne pas lâcher son regard.

– « Et pour l'heure il s'agit de sauver la Norvège et le reste du monde d'une catastrophe imminente. » Pouvez-vous répéter ?

– « Catastrophe imminente », répète l'agente de sécurité d'une voix de somnambule.

– C'est pourquoi, reprend le roi, je vous prie d'appeler Karl Pape pour qu'il descende.

– « Appeler Karl Pape », répète la femme en décrochant son téléphone. Elle compose un numéro, attend un moment, puis déclare d'une voix endormie :

– Vous êtes prié de venir à la réception, Karl Pape.

Une minute plus tard, l'animateur Karl Pape est là, devant eux.

– Ça fait toujours plaisir de rencontrer ses fans, dit-il en faisant un large sourire – le même qu'il affichait à la Com–PET–ition de chœurs – en donnant au roi une poignée de main molle. Vous voudrez bien m'excuser, mais nous avons une émission en direct et...

Mais le roi n'a nullement l'intention de lui lâcher la main.

– Vous êtes bien gentil, mais on m'attend là-haut et...

– « Chers concitoyens, chères concitoyennes », psalmodie le roi, tandis que Karl Pape le regarde étonné, « une nouvelle année nous attend et il est temps de prendre congé de celle qui vient de s'achever... »

Les paupières de Karl Pape se font lourdes.

– « Et dans ton émission en direct, tu vas introduire le roi, et le roi va faire un discours au peuple norvégien », poursuit le souverain.

– « Le roi va faire un discours au peuple norvégien », répète Karl Pape.

– Eh bien, allons-y !

Au milieu des congères, tout au bout de la rue du Canon, dans la petite maison bleue, Lise, le professeur Séraphin et Mme Strobe sont attablés dans la cuisine.

– Il s'en est vraiment fallu de beu ! On beut dire qu'on l'a échabbé belle ! dit Mme Strobe d'une voix encore tremblante.

– Heureusement que vous êtes venu pour m'aider à passer les vitesses, dit Lise au professeur Séraphin.

– Mais Bulle et Perry sont tombés entre leurs mains et vont sans doute finir demain dans le moule à gaufres avec Gregor, soupire-t-il, désolé, en mettant ses deux mains dans sa tignasse et en se grattant le crâne. Et tout ça, c'est de ma faute.

– C'est tout autant la mienne, rectifie Lise. C'était mon plan.

– J'aurais dû vous embêcher, intervient Mme Strobe toujours aussi enrhumée. Alors c'est ma faute...

– Ça suffit les lamentations ! tranche le professeur Séraphin.

– Pourquoi faut-il qu'il y ait toujours l'un de nous qui se retrouve en prison ?

– Moi, je sais en tout cas ce qu'aurait répondu Bulle, dit Lise : « Pour qu'on puisse le délivrer, pardi ! »

Cela les fait tous sourire, mais ils redeviennent vite tristes. Ils réfléchissent, réfléchissent encore, mais doivent se rendre à l'évidence :

– Nous ne pouvons rien faire.

Mme Strobe étouffe un sanglot, s'enroule dans une couverture en laine et disparaît au salon. Elle s'assoit dans le canapé et allume la télévision, où sont encore diffusés des chœurs. Ils l'entendent éternuer.

Lise se retient de fondre en larmes et décide d'enfiler ses bottes.

– Bon, je vais rentrer à la maison, annonce-t-elle. Même si maman et papa sont hypnotisés, ils doivent quand même s'inquiéter pour moi.

Le professeur Séraphin hoche la tête sans dire un mot.

Lise sort dans le couloir, ouvre la porte et va sortir quand elle entend une voix qu'elle reconnaît. Cela vient du salon.

– « Chers concitoyens, chères concitoyennes ! Laissez-moi tout d'abord, comme la dernière fois, vous souhaiter une bonne année et vous remercier pour tous les moments passés ensemble lors de l'année qui s'est écoulée. Et tant qu'on y est, laissez-moi souhaiter un prompt rétablissement à ceux qui tomberont malades cette année, en particulier les personnes âgées et les marins en mer. Nous avons connu une année avec des ciels chargés, des costumes folkloriques à teindre, des chasses à l'élan... »

Elle sent venir un bâillement, mais elle rentre vite dans le salon où elle trouve Mme Strobe en train de ronfler sur le canapé. À l'écran, elle voit un homme dans un manteau rouge au col blanc en fourrure qui fixe les spectateurs et récite d'une voix monocorde :

– « Mais un despote s'est aussi emparé du pouvoir et s'est proclamé président. »

– C'est le roi, s'écrie Lise. Le roi tient un discours de Nouvel An à la télévision !

Les ronflements de Mme Strobe s'interrompent sur-le-champ, puis il y a un brouhaha de chaises et, l'instant d'après, tout le monde regarde le petit écran, les yeux écarquillés.

– « Le but de Hallvard Tenoresen n'est pas de vous offrir une meilleure vie, chers compatriotes, déclare le roi. Son but est de créer le chaos et de se gaver, lui et ses babouins, au petit déjeuner. En réalité, il s'appelle Jodolf Staler et il vient de la Lune. Il vous a hypnotisés avec ses chants, mais c'est fini, car désormais, chers concitoyens, chères concitoyennes, et vous qui êtes sur l'océan, nous allons arrêter ce Jodolf Staler ! Les Danois sont nos amis et j'exige que vous déposiez immédiatement vos armes... ou plus exactement que vous les dirigiez contre Jodolf Staler et ses complices. Surtout contre le dénommé Åke, ce traître, ce faux valet de chambre ! »

– Fantastique ! murmure le professeur Séraphin. Il l'a fait ! C'est tout simplement... tout simplement...

– Royal, dit Lise en résumé.

– Mais... mais n'est-ce bas trop tard ? chuchote Mme Strobe qui n'ose pas se réjouir. Est-ce qu'on a encore le demps de sauver Gregor et Bulle ? Il ne reste qu'une boignée d'heures avant l'aube...

– Ça suffira, la rassure Lise. J'ai ce qu'il faut.

– Quoi donc ?

– De la musique de fanfare. Oui, la solution, c'est la musique de fanfare !

– Vraiment ?

– Bien sûr. Il faut rassembler une harmonie. Vous savez jouer de quelque chose ? N'importe quoi ! Vite !

– Je sais jouer un peu de piano, glisse Mme Strobe. En tout cas, j'ai su autrefois...

– Euh, dit le professeur Séraphin. Je sais jouer *Frère Jacques* à la flûte à bec.

– On n'est pas assez nombreux, constate Lise. Il faut aller dans la rue et recruter du monde. Nous avons aussi besoin d'un chef d'orchestre... Nous avons besoin de...

Madsen se réveille en sursaut. On a sonné à la porte. Il remarque qu'il s'est endormi dans le fauteuil du salon et qu'il y a une tempête de neige à la télévision. La dernière chose qu'il a vue avant de s'endormir, c'était du chant choral : « La Norvège est un beau pays, la Norvège est le meilleur pays du monde » ou quelque chose dans le genre. Madsen enfile ses chaussons, reboutonne son uniforme de fanfare et se dirige vers la porte d'entrée de son appartement.

Il ouvre et découvre trois personnes : une fillette toute rouge, un homme qui a des lunettes de natation et qui souffle par les narines, et enfin une dame au long nez et à la respiration encombrée.

– Nous devons former une fanfare, déclare la fillette. Et il faut que nous ayons répété une chanson avant le lever du soleil !

Madsen remonte ses lunettes de pilote et les regarde sans comprendre :

– Est-che que je vous connais ?

– Je suis Lise.

– Lise ?

– Je joue dans votre fanfare !

– Ma fanfare ? Bah, ch'est nul, che genre de musique.

La fillette soupire et se tourne vers la dame au sac à main :

– Il est hypnotisé. Est-ce que vous pourriez... ?

La dame fait oui de la tête, lève la main et l'abat sur la porte en donnant un coup phénoménal. Le bruit est tel que le son se répercute dans toute la cage d'escalier de l'immeuble. Madsen cligne des yeux, soudain désorienté, et reconnaît Lise, le professeur Séraphin et Mme Strobe qui enseigne dans la même école que lui.

– Où... où suis-je ?

Il se retourne et regarde son appartement. Sur le sol, un vase de fleurs est en morceaux.

– Dites « c'est », demande Lise.

– « C'est », répète Madsen. Qu'est-ce qui se passe ?

– Vous venez de vous faire déshypnotiser, explique Lise en prenant le chef d'orchestre par la main et en l'entraînant dehors. Maintenant nous allons sonner à chaque porte de la rue du Canon !

Debout sur une caisse en bois, le professeur Séraphin contemple l'assemblée sous la lumière du réverbère, au milieu de la rue du Canon. Ils sont tous là, les jeunes et les moins jeunes, la maman commandant et le papa commandant, la mère et la sœur de Bulle, Mme Morue, avec Gégé et Jojo. Certains sont en robes de chambre et pyjamas, d'autres ont de grosses doudounes, d'autres des liquettes, d'autres encore sont en uniformes et tiennent des fusils avec lesquels ils auraient bien aimé tirer sur les Danois. Mais tous ont entendu le discours du roi, et ils viennent d'entendre celui de Séraphin qui leur a expliqué ce qui se prépare. Quant à savoir s'ils le croient, c'est une autre histoire. Les visages qui lui font face ne trahissent aucune émotion.

– Nous devons nous révolter ! s'écrie le professeur. Et il faut sauver Gregor et Bulle.

– Pourquoi ? crie quelqu'un dans la foule. Pourquoi devons-nous risquer notre vie et notre santé pour un nain et un crapaud ?

– Parce qu'il est juste de le faire, répond Séraphin qui trouve sa réponse un peu faiblarde. Parce que nous pouvons le faire. *Yes, we can !*

– Ah bon ? s'écrie un autre. Mais c'est quoi au juste, votre plan ?

Le professeur déglutit.

– Le plan, mes chers amis... le plan... vous brûlez d'envie de le connaître...

Il esquisse un sourire maladroit.

– Et vous avez de bonnes raisons pour ça, car c'est un bon plan... un plan magnifique... un plan qui rejette dans l'ombre tous les autres plans... C'est en quelque sorte la mère de tous les plans, si vous... euh, comprenez ce que je veux dire...

– Non. Qu'est-ce que vous voulez dire au juste ?

– Le plan dont je parle est celui qui doit permettre, excusez du peu, de libérer Gregor et Bulle ! N'est-ce pas un bon plan ?

Le silence est tel qu'on entendrait une aiguille tomber dans la neige. Soudain, quelqu'un demande :

– Mais il consiste en quoi exactement, ce plan, espèce d'épouvantail à moineaux ?

Le professeur Séraphin a un sourire furtif :

– Un instant. Problèmes techniques.

Il se penche vers Lise :

– C'était quoi déjà le plan ?

– De former une fanfare et de répéter une chanson.

– Un super plan, confirme Séraphin en se redressant.

Il prend sa respiration et crie :

– LE PLAN, MESDAMES ET MESSIEURS, avant de s'interrompre encore pour demander à Lise :

– Quelle chanson et pourquoi, au fait ?

– Dites-leur seulement ce que je vous ai dit.

– … EST DE FORMER UNE FANFARE ET DE RÉPÉTER UNE CHANSON !

L'assemblée paraît un instant comme foudroyée. Puis les rires fusent. Madsen se racle plusieurs fois la gorge et remonte ses lunettes de pilote avant de déclarer :

– Mais enfin, c'est sérieux, quoi… Puisque c'est *moi* qui vais diriger.

– C'est qui l'imbécile dans son uniforme de général ? lance quelqu'un.

– Est-ce qu'il est aveugle ? demande un petit garçon à son papa.

Les rires redoublent.

– Et ce serait quoi comme chanson ? veut savoir la maman de Bulle.

– Quel genre de chanson ? répète Séraphin tout bas.

– Une chanson pop, lui souffle Lise.

Elle a tourné son visage vers l'est et croit voir l'aurore poindre à l'horizon.

– UNE CHANSON POP ! crie le professeur Séraphin.

L'assemblée éclate de rire une nouvelle fois. Mme Morue, qui est tout devant, en a les larmes aux yeux :

– Vous êtes tous cinglés. Vous pensez vraiment qu'une chanson pop peut sauver le monde ?

– Qui veut participer ? demande le professeur Séraphin.

Lise observe l'assemblée, mais à sa grande déception, elle n'aperçoit que des personnes qui font non de la tête. Mais il y a un léger mouvement dans la foule, au fond, et elle aperçoit soudain deux personnes qui se fraient un chemin jusqu'à Séraphin. L'une porte un grand tuba et a du sparadrap sur ses verres de lunettes : c'est Janne. Mais l'autre est une fillette pâle au visage effrayé et aux cheveux ratiboisés.

– Béatrice ? hasarde Lise incrédule.

C'est à peine si elle reconnaît cette fille qui courbe la nuque. Elle a entièrement perdu de sa superbe. Où est passée la plus jolie fille de la classe ?

– Qu'est-ce qui t'est arrivé ?

– Lorsque les autres filles ont été déshypnotisées par le discours du roi, elles ont dit que c'était ma faute si on s'était enrôlées dans les Jeunesses Norvégiennes. Alors, elles m'ont forcée à sortir dans la rue et elles m'ont fait ça, dit-elle en montrant son crâne presque rasé.

– Oh, ma pauvre ! lâche Lise, effarée.

– Je m'en veux tellement, si tu savais, pour toutes les bêtises et les méchancetés que j'ai faites, dit-elle les larmes aux yeux. Est-ce... est-ce que je peux revenir dans la fanfare ? Oh, s'il vous plaît !

Lise jette un regard vers Madsen, qui fait un signe de tête imperceptible.

– Chez nous, tous ceux qui veulent venir sont acceptés. Tu comprends, Béatrice ?

La fillette déglutit, fixe le sol et fait signe qu'elle comprend. Lise pose une main sur l'épaule de l'ex-plus belle fille de la classe :

– Tu as emmené ton saxophone ?

Béatrice relève la tête, sourit à travers ses larmes et montre l'étui de son instrument.

– Hé ! lance une voix dans l'assemblée. Vous n'avez pas répondu à la question de tout à l'heure ! Une chanson pop ne peut quand même pas sauver le monde ?

Lise regarde le professeur Séraphin, Mme Strobe et Madsen. Puis ils se retournent tous les quatre vers la foule réunie et répondent en chœur :

– Si !

CHAPITRE 28

Pâte à gaufres et chant d'oiseau migrateur

Plus aucun doute n'est permis. Le jour pointe. On dirait que le soleil est curieux de savoir ce qui va se passer aujourd'hui dans cette ville. Il jette un coup d'œil furtif au-dessus de la ligne de l'horizon et voit qu'il se prépare quelque chose dans l'arrière-cour du Château, qui se trouve au milieu du parc royal encore enneigé. Puis l'astre monte un peu plus haut dans le ciel pour mieux voir. Et il éclaire une minuscule frimousse pleine de taches de rousseur ! À côté de lui se tient un visage pâle, verdâtre, qui fait des grimaces. Autour d'eux, des soldats sont alignés et devant eux, il y a un appareil énorme dont le métal brille dans la lumière du soleil – cela ressemble fort à un moule à gaufres géant. Et l'astre fredonne la chanson qui s'élève de l'arrière-cour du Château, ce matin-là :

Waterloo – Couldn't escape if I wanted to[1]

Bulle sent la chaleur des premiers rayons du soleil passer au-dessus de la muraille.

– Le printemps est en avance cette année, constate-t-il en fermant les yeux.

– Oui, ça annonce un été particulièrement beau, soupire Gregor en secouant les chaînes qui maintiennent ses bras derrière le dos.

Le petit garçon aux cheveux rouges sent à présent une vague de chaleur se répandre sur son visage.

– Quelle sensation délicieuse sur la peau, souffle-t-il sans ouvrir les yeux.

– Sauf que cette chaleur ne vient pas du soleil, rectifie Gregor.

Bulle ouvre les yeux. Et du haut de sa chaise, il découvre la gueule béante du gaufrier qu'on vient d'ouvrir et la graisse ruisseler et sautiller entre les pointes de métal du moule.

– N'ayez pas peur, déclare quelqu'un derrière eux.

Ils se retournent et voient Jodolf Staler camouflé en Hallvard Tenoresen, vêtu d'un uniforme vert avec une casquette entourée d'un ruban rouge.

– Il existe des conventions internationales concernant le traitement des prisonniers de guerre. Et il est bien stipulé que les moules à gaufres ne peuvent servir qu'à faire

1. Waterloo – Je ne pourrais m'enfuir même si je le voulais.

des gaufres. Et moi, Jodolf Staler, j'aime bien suivre les règles. C'est pourquoi je ne vais pas vous jeter tels quels dans le gaufrier...

Un soupir de soulagement parcourt les rangs de soldats. Puis une voix toute tremblante lâche :

– Dieu soit loué...

– Qui a parlé ? hurle Jodolf en faisant demi-tour.

Les soldats se remettent tous au garde-à-vous en regardant fixement devant eux sans bouger, ne serait-ce qu'un poil de nez.

– J'ai cru entendre comme une contestation...

Aucune réponse.

– Hein ? éructe Jodolf.

Les soldats se regardent, sans trop savoir. Certains secouent la tête. Imités par d'autres. À la fin, tous font si énergiquement non de la tête qu'on entend le délicat frottement de leurs nuques rasées contre le col de leurs uniformes.

L'air méfiant, Jodolf passe ses troupes en revue avant de se retourner de nouveau vers Bulle et Gregor :

– Bon, j'en étais où ?

– Nous n'allons pas finir dans le moule à gaufres..., dit Bulle en se concentrant pour ne pas perdre l'équilibre sur sa chaise bancale.

– Je n'ai pas dit ça ! corrige-t-il. J'ai dit que vous n'alliez pas être jetés tels quels dans le moule à gaufres, puisque les conventions internationales stipulent que les gaufriers ne doivent servir qu'à faire des gaufres... Göran !

Un soldat vient se placer derrière Jodolf. Il tient à la main une lance d'incendie. Göran n'est pas très doué pour se camoufler, car Bulle voit bien ses mains poilues de babouin. La lance est reliée à la cuisine installée sous la tente, dans un coin de la cour de la forteresse.

– On va donc commencer par vous transformer en gaufres, annonce Jodolf. Je te les laisse, Göran !

Göran ouvre alors le robinet de la lance d'incendie, dont jaillit aussitôt un liquide jaune et pâteux. Le jet est d'une telle puissance que Gregor recule de deux pas.

Lorsqu'il est entièrement recouvert de cette pâte gluante, c'est au tour de Bulle. Il ferme les yeux et tire la langue. Rien à dire, ça a vraiment le goût de pâte à gaufres.

– Vous aurez encore meilleur goût comme ça, s'esclaffe Jodolf. Puis-je avoir deux volontaires parmi les soldats pour les jeter dans le moule à gaufres...

– Oui, oui ! Ils vont souffrir ! Je veux...

– Pas toi, Göran.

Jodolf dévisage les soldats, mais personne n'a bougé. Le silence est tel qu'on entend seulement la musique :

Waterloo – Knowing my fate is to be with you[1]

– Bon, déclare Jodolf. Dans ce cas, toi et moi, on va mettre la main à la pâte. Vous les prisonniers, tournez-vous vers le moule à gaufres !

Bulle se tourne et cligne des yeux pour faire tomber la pâte qui s'est collée sur sa paupière. Et du coin de l'œil, au-dessus du gaufrier brûlant et fumant, il aperçoit un oiseau migrateur, perché dans un arbre, qui se met à chanter. « Il est en avance pour son retour au pays », se dit Bulle. L'oiseau chante le printemps déjà là et son chant se mêle à la voix d'Agnetha.

– J'espère que je serai mangé avec de la crème fraîche et de la confiture de fraises, chuchote Bulle. Et toi, tu préfères être mangé avec du fromage ?

– Oh, ça m'est égal, soupire Gregor. Il y a quelques jours, cela ne me faisait ni chaud ni froid d'être mangé cuit, grillé ou toasté. Ma vie était de toute façon si triste. Mais maintenant que je sais que Mme Strobe pense peut-être à moi et se fait du souci...

1. Waterloo – Je sais que mon destin est d'être avec toi.

– Oui, oui..., soupire Bulle en entendant les pas de Göran crisser sur les graviers et se rapprocher.

À l'idée de ce qui l'attend, ses sens sont tout en éveil. Il croit entendre un léger bruit de moteur, et au loin, un troisième chant qui vient se superposer à celui d'Agnetha et de l'oiseau migrateur. Puis il sent le souffle impatient de Göran dans sa nuque et ses griffes de babouin contre son dos tandis qu'il le pousse sur le bord de la chaise. Bulle ferme les yeux et croit sa dernière heure arrivée. Son ultime pensée est pour Lise : il espère tellement qu'elle s'en sortira.

– Attends !

C'est la voix de Jodolf.

– Enlève-leur les menottes.

– Mais...

– Si on mâche des bouts de fer, ça va nous casser les dents et on sera obligés d'aller chez le dentiste – et tu sais bien que je déteste aller chez le dentiste...

Tandis que Göran peste et jure en cherchant les clés des menottes, Bulle entend que le bruit de moteur se rapproche – et la troisième chanson, par la même occasion.

– Ah, la voilà ! s'écrie Göran, qui fiche la clé dans ses menottes puis dans celles de Gregor.

– Et maintenant, mes petits, vous allez déguster ! ricane Jodolf d'un air mauvais.

CHAPITRE 29

Une chanson pop peut sauver le monde

À la porte du Château, l'un des gardes met sa main en visière pour voir d'où vient le bruit et cligne des yeux tant le soleil est rasant.

– Dis-moi Ralf, dit-il en tirant sur sa moustache frisée, ce serait pas une grosse moto, par hasard ?

– Si, la plus grosse moto que j'aie jamais vue, Rolf, confirme l'autre garde en soulevant sa lèvre supérieure et retroussant sa moustache en accent circonflexe.

– Et elle tire une espèce de loge de théâtre au complet, avec toute une fanfare à l'intérieur !

– Qu'est-ce qu'ils jouent ? Ça me dit quelque chose...

– Attends ! Ils tournent. Ils arrivent par ici. Regarde, ils débarquent !

– Je sens qu'il va se passer quelque chose !

– Écoute ! Ils jouent... ils jouent...

– *She loves you*[1] ?

1. Elle t'aime.

– Passez sous le portail, professeur ! crie Lise dans le side-car.

– Bien, mademoiselle ! répond Séraphin, penché au-dessus du guidon de la moto, et il donne un coup d'accélérateur sur la place du Château. Jouez aussi fort que vous pouvez !

– Vous avez entendu ? crie Madsen dans le side-car en faisant décrire à sa baguette de grands arcs de cercle.

Et la fanfare la plus étrange qui ait jamais joué dans un side-car ne se fait pas prier. Lise est à la clarinette, Mme Strobe tape sur un piano jouet, Janne souffle dans un tuba, Béatrice joue du saxophone, le papa commandant pince les deux cordes d'une guitare, la maman commandant joue du piccolo, Gégé et Jojo de la caisse claire, la sœur de Bulle tape sur une grosse caisse, tandis que sa mère, même si elle chante comme une casserole, chante à tue-tête au point que les touristes sur la place du Château se bouchent les oreilles :

She loves you, yeah, yeah, yeah ! She loves you, yeah, yeah, yeah !

Les deux gardes s'écartent pour laisser passer la moto et son cortège qui fait son entrée dans la cour du Château.

La chanson *She loves you* des Beetels couvre progressivement *Waterloo* du groupe BABA, et la voix d'Agnetha disparaît derrière la musique tonitruante de la fanfare. Les amis sont venus le sauver ! Mais c'est trop tard. Göran vient de le pousser dans le dos. Bulle tombe de sa chaise dans le moule à gaufres brûlant.

Il voit toute sa vie défiler. Avec ses hauts et ses bas, avec ses moments de gaieté et ses rares journées un peu moins drôles. Il y a eu de mémorables parties de fou rire avec la poudre à prout, le flanc au caramel, des aventures formidables avec de bons amis. Bref, la vie a été trop brève pour ce garçon haut comme trois pommes. Et pourtant c'est déjà fini.

Oups !

Qu'est-ce qui se passe ?

Bulle a une ceinture autour du ventre et il ne tombe plus, il monte ! Il est pour ainsi soulevé, il voit la façade du Château et – *boum !* – il atterrit. La ceinture bleue est en réalité la langue bleue d'un crapaud. Bulle comprend qu'il est revenu sur le même balcon où il se trouvait quelques jours plus tôt. À côté de lui, Gregor crache.

– Vous avez réussi à sauter jusqu'ici, s'exclame Bulle admiratif, avec moi sur votre langue !

Le garçon regarde en bas la moto qui semble faire un ballet autour du gaufrier géant et de Jodolf, Göran et Tandoora.

– Beurk ! T'as un goût d'herbe et de savon !

– Vous m'avez sauvé la vie ! s'écrie Bulle en serrant Gregor dans ses bras.

– Hé ! Pas si vite ! dit ce dernier. On n'est pas encore sûrs d'être sauvés.

Il a certainement raison car la moto est encerclée par tous les soldats, et la musique de BABA hurle dans la cour. La fanfare du side-car a du mal à rivaliser avec les hurlements d'Agnetha :

WATERLOO – FINALLY FACING MY WATERLOO[1] *!!*

Gregor pâlit, ses genoux se mettent à trembler et son corps s'affaisse. Mais soudain, entre « loo » et « finally », quand Agnetha marque une pause pour respirer, une voix désespérée s'élève de la cour :

1. Waterloo – Enfin je fais face à mon Waterloo.

– Gregor ! Je t'aime !

– *Hic !* dit Gregor. Qu'est-ce que c'était ?

– Une personne, dit Bulle, qui a crié qu'elle vous aime.

– Qu'elle m'ai-m'aime ? Moi ? Mais qu-qui...

– Qui, à votre avis, cervelle de batracien ? Mme Strobe, pardi !

Bulle voit alors revenir un peu de vert sur les joues de Gregor, ses yeux se remettent à briller et un large sourire illumine son visage.

– Il faut faire quelque chose avant que les soldats ne les prennent ! s'exclame Bulle.

Gregor tout heureux, le regard dans le vide, a la tête ailleurs.

– Au fond ce n'est pas une chanson si affreuse que ça, fait remarquer Gregor.

– *Waterloo* ? demande Bulle étonné.

– Oui, si on écoute vraiment, insiste Gregor.

– Ohé ! Réveillez-vous ! crie Bulle en claquant des doigts devant son visage. Et la fin du monde, alors ?

Alors, on entend soudain *paf ! bing ! oink ! ploutch !*

Paf ! c'est le bruit que font trois soldats soulevés par la langue de Gregor quand elle les projette contre le mur. *Bing !* c'est quand l'un d'eux heurte malencontreusement une fenêtre panoramique avant de retomber le long de la façade.

Jodolf trépigne et éructe :

– Tirez sur eux, faites cesser cet orchestre de minables ! Tuez-les tous !

Des soldats lèvent, hésitants, leurs fusils et visent le side-car, mais ils ne font pas feu.

– Eh bien ? Tirez ! C'est un ordre présidentiel ! Ceux qui n'obéissent pas seront traduits devant la Cour martiale, la Cour de cassation, la Cour des miracles, la Cour des grands, la Cour des... et... Mais TIREZ DONC !

Seulement voilà : personne ne tire.

– Chers Norvégiens ! les interpelle Bulle du haut du balcon. Le temps est venu de montrer que nous refusons de nous laisser commander par des babouins, des bandits et des brutes !

– Tiiiirez sur le traître ! vocifère Jodolf en pointant son ongle d'index vers le balcon.

– Je ne vous promets pas que ce sera facile, ajoute Bulle en prenant une grosse voix. Au contraire, il est certain que vous allez en baver ! Mais...

Il lève la main dans un geste majestueux.

– Je vous fais cette promesse : il n'y aura plus jamais de chant choral non-stop à la télévision ! La question qui se pose est donc la suivante : Fanfare ou chorale ?

– Tirez sur lui ! ordonne Jodolf.

Il se tait quand il entend qu'on arme les fusils et que tous les canons se dirigent... vers lui.

– Hein ? dit-il.

L'instant d'après, il a disparu. Volatilisé.

– Il s'est camouflé ! prévient Bulle. Vite ! Ne le laissez pas s'échapper. Gardes ! Fermez le portail !

– Tu sais quoi, Ralf ? dit la moustache frisée à la moustache en accent circonflexe.

En faction près du portail, les deux gardes ont suivi avec de grands yeux le tumulte dans la cour d'honneur.

– Je crois qu'il est temps pour nous autres Norvégiens de changer de bord !

– Oui, on dirait que le vent a tourné. On va faire comme lui, Rolf.

– Voilà qui est bien pensé, Ralf.

Et ils ferment le lourd portail en fer. Au moment où ils mettent le verrou, ils entendent un *pang !*, comme si quelqu'un s'était jeté contre la porte, et une espèce de juron en suédois, qu'on ne peut pas répéter ici.

Plus loin, le professeur Séraphin a coupé le moteur de la moto et tandis que la fanfare de la rue du Canon continue de jouer, Mme Strobe saute à bas du side-car et disparaît dans la cuisine, sous la tente de camp. Elle trouve l'appareil qui passe *Waterloo*, car on l'entend pousser un « Aha ! » de satisfaction, suivi d'une frappe à plat sur la table d'une telle violence que la chanson s'arrête net, si bien qu'il ne sera plus question de musique de BABA dans cette histoire.

Les soldats courent dans tous les sens et cherchent les caméléons lunaires, mais ceux-ci sont devenus invisibles. Le professeur Séraphin est brusquement poussé de son siège, il est clair qu'on cherche à prendre sa place pour s'enfuir grâce à son engin. Mais le papa commandant balance sa guitare de toutes ses forces vers le siège et le fond de l'instrument se brise contre ce qui semble n'être que de l'air !

– J'en ai eu un ! crie-t-il en brandissant le manche de sa guitare.

Une voix de femme résonne soudain à l'intérieur de la guitare :

– Jodolf ! Ne les laisse pas nous prendre ! Au secours, Jodolf ! Sauve-moi ! Jodolf, espèce de lâche ! Jod...

Près d'une congère, à un angle de la cour, deux soldats ont apparemment saisi quelque chose, mais ils reçoivent chacun un coup sur le nez et tombent à la renverse.

– Bienvenue à la maison de la douleur, espèces d'imbéciles ! crie Göran. Venez auprès de votre oncle, maintenant ! Venez !... *Bong !*

Göran vient en effet de se prendre sur la tête quelque chose de lourd qui le fait chuter dans la neige.

Double bong !

Pour la deuxième fois, il reçoit de plein fouet un coup sur la tête qui le fait s'enfoncer encore plus profondément dans la neige. En levant les yeux, il aperçoit alors un crapaud prêt à bondir sur lui. « Oh, non... », gémit-il.

Mais où est passé Jodolf ?

Dans le side-car, Lise a posé sa clarinette et observe le chaos qui règne dans la cour. Aucune trace de Jodolf...

Le professeur Séraphin se penche vers elle et confirme ce qu'elle craint :

– Si Staler réussit à s'échapper, il reviendra plus tard et avec des plans encore plus terrifiants.

Lise regarde les murs de l'enceinte. Ils ont beau être hauts, un caméléon lunaire doit pouvoir les franchir sans difficulté... Le temps presse. Elle saute du side-car et court vers la lance d'incendie, la soulève et tourne le robinet.

– Qu'est-ce que tu fais ? demande Séraphin en voyant le tuyau cracher de la pâte à gaufres.

– Je vais trouver Jodolf, répond Lise en ouvrant à fond pour avoir le débit maximal.

Le jet jaune devient large et puissant et s'élève vers le ciel matinal tout bleu et le soleil, bien surpris de voir les étranges occupations des hommes et des animaux à Oslo. Une fois qu'elle estime être montée assez haut, la pâte amorce sa redescente en recouvrant et en éclaboussant tout sur son passage : les pavés gelés, les balcons, les casquettes d'uniformes, les bouts de nez avec des taches de rousseur, les crapauds bondissants et les soldats haletants. Mais surtout, et c'est ça le plus important : elle asperge un être qui, autrement, serait resté invisible.

– Il est là ! crie une femme en pâte à gaufres qui fait furieusement penser à Mme Strobe.

Elle a raison.

Tous les regards se portent vers une forme de babouin dégoulinante qui se tient au beau milieu de la cour. Il est penché au-dessus de la bouche d'égout par laquelle sont arrivés Gregor et Bulle, quelques jours plus tôt. Au moment précis où les soldats se précipitent pour s'emparer de lui, ce dernier réussit à faire basculer le couvercle. Il saute dans le trou et disparaît.

Bulle, qui s'est laissé glisser le long de la gouttière, rejoint en courant Lise et le professeur Séraphin.

– C'est une catastrophe s'il nous échappe ! s'écrie le professeur Séraphin.

– Je sais, marmonne Bulle. Personne n'aurait une lampe de poche, par hasard ?

Les soldats qui se sont regroupés autour de lui fouillent dans leurs poches et, l'instant d'après, vingt-quatre lampes lui sont proposées !

– Équipement de base, mon sergent ! explique l'un d'eux.

– Repos ! leur intime Bulle en saisissant une des lampes.

Il se pince le nez et demande :

– Qui m'accompagne ?

– Moi, répond le professeur.

Il vérifie que ses lunettes de natation sont bien en place et se pince ensuite le nez à son tour.

– Et moi ! lance Gregor.

Il a cessé de bondir à pieds joints sur Göran et s'est précipité sous la tente pour lécher le visage – recouvert de pâte – d'une certaine Mme Strobe...

Lise geint, se pince le nez et dit d'une voix nasale :

– Pourquoi est-on obligé de TOUJOURS descendre dans ces égouts qui puent ?

– Parce que, sinon on ne peut pas..., commence Bulle.

– Remonter ? soupire Lise qui connaît son Bulle par cœur.

Et *hop !* elle saute et disparaît. Puis *hop !* Bulle lui emboîte le... saut. Et deux *hop !* plus tard, le professeur Séraphin et Gregor les rejoignent.

– Il fait drôlement sombre, constate Séraphin une fois qu'ils ont tous atterri avec un gros *plouf !* dans l'eau des égouts.

– Ce que ça pue ! râle Lise, qui essaie d'essorer ses cheveux.

– Au moins, ça nous a permis de nous débarrasser de la pâte à gaufres qu'on avait sur le corps, dit Bulle en allumant la lampe de poche.

– C'est bien ça le problème, fait remarquer le professeur. Comment allons-nous trouver Jodolf s'il n'est plus enrobé de pâte à gaufres ?

– Nous ne savons même pas s'il est parti vers la droite ou vers la gauche, souligne Lise.

Ils se regardent tous désemparés, sauf un.

– *Hic !* dit Gregor. *Hic ! Coa, hic, hic !*

– Ce n'est pas le moment d'être stressé, Gregor.

– Il demande quel chemin Jodolf a pris, précise Bulle.

– Il demande, mais à qui ?

Bulle tourne le faisceau lumineux vers le fond et l'on voit briller des yeux de crapaud.

– *Hic ! Hic ! Coa !* entend-on.

– Par là ! traduit Gregor, et Bulle éclaire la direction qu'il a indiquée.

Tout le monde le suit. Le professeur Séraphin baisse la tête pour ne pas se cogner aux canalisations. Soudain, Bulle s'arrête car ils sont arrivés à un carrefour d'où partent cinq embranchements de tuyaux.

– *Hic !* fait Gregor. *Hic ! Coa, hic, hic !*

Dans la pénombre, ils entendent un bref coassement.

– Ah, il y a un pépin..., soupire Gregor.

– Comment ça ? demande Lise.

– Ils disent qu'ils n'ont vu passer personne ici.

– J'en étais sûr, s'écrie Séraphin. Jodolf s'est débarrassé de la pâte à gaufres qui le rendait visible et il s'est camouflé à nouveau. Nous ne le retrouverons jamais.

Les autres se rendent à l'évidence.

– Et moi qui m'étais fait une joie à l'idée que tout se termine bien, et que ce Jodolf finisse derrière les verrous...

– Il va falloir se contenter de cette fin-là, c'est déjà pas mal, non ? Espérons juste que Staler ne reviendra pas de sitôt.

Tous acquiescent.

– Revenons sur nos pas et sortons, propose Séraphin.

– *Hic !*

Lise, Gregor et le professeur font demi-tour, mais Bulle traîne.

– Bulle ! Mais qu'est-ce que tu fais ? demande Lise.

Elle se retourne et voit son ami scruter l'obscurité.

– J'ai comme l'impression que ce dernier *Hic !* m'était familier.

– Tous les crapauds coassent de la même façon, dit Lise.

– Ce n'était pas un crapaud, justement ! déclare le garçon en dirigeant le faisceau de la lampe de poche dans un des tunnels sur le côté. C'était... c'était...

Il pousse un cri de joie et montre quelque chose du doigt. Mais les autres ne voient rien, de là où ils sont.

– Perry ! s'exclame Bulle. Perry, tu as réussi à t'en sortir ! Ça fait longtemps que tu es ici ?

– *Hic !*

Lise et les autres reviennent vers Bulle.

– Ça alors ! On peut dire que notre aventure ne se termine pas si mal, au fond, s'exclame le professeur Séraphin.

– Oui, en un sens, reconnaît Bulle. Chut !

Il penche la tête de côté vers l'araignée vampire à sept pattes du Pérou qui a grimpé sur son épaule.

– Perry nous dit de suivre cette direction, annonce-t-il en se mettant à courir dans un des tunnels.

Les autres se dépêchent de le suivre dans la boue et le découvrent campé sur ses jambes écartées. Il admire une immense toile d'araignée, dont les fils argentés scintillent et dont le diamètre correspond à la taille du tunnel.

– Vous avez vu ? chuchote Bulle.

Oui, ils ont vu. Ils voient quelque chose d'invisible s'agiter et gesticuler dans tous les sens, qui n'arrive pas à se défaire des fils si résistants qu'ils sont forcément l'œuvre d'une araignée qui a ingéré la Boisson énergétique au piment mexicain du professeur Séraphin... En s'approchant de plus près, ils aperçoivent çà et là des taches de pâte à gaufres sur la créature invisible qui se débat comme un beau diable.

Lise tressaille quand elle touche quelque chose de chaud et de poilu.

– Jodolf Staler ! s'écrie Bulle. Le destin veut qu'on se retrouve !

– Ta gueule, le gnome ! éructe une voix que tous connaissent bien, au centre de la toile. Sors-moi de là et vite !

– Ce sera avec grand plaisir, répond le professeur Séraphin. Nous allons vous envoyer quelques gentils soldats qui vous passeront de jolies menottes qui brillent, et vous aurez droit à un transport gratuit jusqu'à une cage confortable. Qui sait ? Peut-être aurez-vous même le droit d'être exposé au jardin zoologique ? Histoire d'effrayer et de mettre en garde les futures générations.

– Aaargh ! rugit Jodolf, en reprenant peu à peu son apparence normale.

Lise est parcourue de frissons à la vue des dents pointues qui luisent dans la gueule ouverte de l'immonde créature.

En rebroussant chemin, Lise se dit qu'elle espère bien ne plus jamais revoir Jodolf Staler de sa vie, que ce soit au zoo ou ailleurs.

Pourtant, Lise n'a plus de craintes à avoir. Car une fois à l'air libre, la fête dans la cour bat son plein : les soldats font la ronde et, devant le Château, les gens rassemblés agitent de petits drapeaux norvégiens en criant « Hourra ! ».

– Garden-party ! annonce Bulle en faisant un « moonwalk » sur la place. Avec des filles, du flanc au caramel et de la bonne musique !

Et pour une fois, c'est exactement ce qui arrive.

CHAPITRE 30

Un animal qu'on aurait préféré qu'il n'existe pas

Sous terre, dans les égouts, les deux gardes passent à l'action.

– C'est trop marrant, Rolf, déclare Ralf en passant les menottes autour des poignets poilus de Jodolf qui gigote, pris dans la toile d'araignée.

Ils ont mis du sparadrap sur la bouche de Jodolf, car ils en ont assez de son cinéma. Il n'a pas arrêté de leur promettre de l'argent, de l'or et des vertes forêts si seulement ils acceptent de le laisser s'enfuir. Et quand il s'est rendu compte que ça ne marchait pas, il a menacé de couper leurs têtes d'imbéciles avec leurs chapeaux ridicules, s'ils ne le relâchaient pas sur-le-champ. Maintenant, le babouin est réduit au silence et ils peuvent entendre les cris de joie de la foule en liesse dans les rues. Cette joie est partagée par toute la ville d'Oslo, voire du pays tout entier, trop heureux d'être enfin débarrassé de ce tyran de Staler.

Rolf s'essuie la joue sur laquelle l'une des filles de la place du Château lui a donné un baiser.

– Ah, Ralf, ça fait quand même de l'effet d'avoir libéré la Norvège ! dit-il en riant.

– On composera une épopée dont nous serons les héros, affirme Ralf en passant les fers autour des chevilles de l'inquiétant caméléon lunaire.

– On créera un musée et il y aura des soirées cinéma, ajoute Rolf.

Ralf essaie de détacher Jodolf de la toile d'araignée.

– C'est pas croyable ce qu'il peut être bien accroché ! Tu veux pas me donner un coup de main, Rolf ?

– Bien sûr que si, Ralf.

Mais même à deux, ils n'arrivent pas à décrocher Jodolf.

– C'est comme s'il était collé, gémit Rolf. On devrait peut-être aller chercher un gros sécateur pour couper les fils autour, qu'est-ce que t'en dis ?

– Bon idée.

– Je crois qu'on dit « Bonne idée ».

– Ah ! t'as toujours raison, Rolf.

Ils enlèvent le sparadrap de la bouche de Jodolf, afin qu'il ne s'étouffe pas pendant leur absence, et ils font le chemin en sens inverse en pataugeant, tandis que Jodolf crie derrière eux :

– Têtes de mule ! Crapules !

Soudain, Ralf s'arrête net.

– Qu'est-ce qu'il y a ? demande Rolf.

– T'as vu ça ?

– Quoi donc ?

– Dans l'obscurité là-bas. Une lueur blanche. Comme des dents dans une grosse mâchoire.

– Grosse comment ?

– Comme une bouée, tiens.

– Oh là ! t'exagères, Ralf.

– Je te rappelle que Ralf, c'est toi.

– C'est vrai, Rolf. Tu me troubles avec tout ça. Ne me dis pas que tu crois à cette histoire d'anaconda de huit mètres de long qui habite dans les égouts d'Oslo et qui a des dents comme des esquimaux glacés renversés ? Désolé, mais je gobe pas ça...

Il est interrompu par un cri et une sorte de claquement.

– Qu'est-ce que c'était comme bruit ?

– On aurait vraiment dit de grosses mâchoires béantes qui se referment d'un coup sec et quelqu'un qui appelle à l'aide.

– Ou plutôt qui commence à appeler à l'aide.

– Oui. *Au secou*... C'est tout.

– Oui. *Au secou*... Puis plus rien.

– Comme si le mot était coupé en deux.

– Ou plutôt comme si celui qui criait était coupé en deux.

– Hum. Tu entends autre chose ?

– Non. Je me disais aussi... Il est devenu bien silencieux tout à coup.

– Tu veux dire que...

Ils se retournent lentement et dirigent leurs lampes de poche vers la toile d'araignée. Et là où, il y a encore quelques instants, se trouvait un caméléon lunaire fou furieux qui se débattait dans tous les sens, il n'y a plus rien. Même plus de toile d'araignée. Comme si on n'en avait fait qu'une bouchée. Une bouchée de la taille d'une... oui, d'une bouée !

– R-R-Rolf ? bégaie Ralf tandis qu'ils font marche arrière en éclairant les moindres recoins. Tu-tu-tu crois que les anacondas aiment les caméléons lunaires ?

– Je-je-je ne sais pas, Ralf. Mais peut-être que couverts de pâte à gaufres...

Puis, ils prennent leurs jambes à leur cou et remontent à l'air libre. Une fois dehors, ils clignent des yeux tant la luminosité est forte et se retrouvent au milieu de la foule qui danse, des ballons qui volent, des pétards, des gens aux balcons qui agitent des drapeaux. Et après qu'une fille les a embrassés chacun sur la joue, les deux gardes – celui à la moustache frisée et celui à la moustache en accent circonflexe – décident de se mêler à la danse, et ils ne tardent pas à oublier complètement Jodolf et à moitié l'anaconda...

CHAPITRE 31

Des filles, du flanc au caramel et des chansons

Le lendemain après-midi, rue du Canon, c'est la fête dans la petite maison bleue de guingois. Et comme le soleil brille encore plus fort que la veille, le professeur Séraphin, Lise et Bulle ont sorti dans le jardin les chaises en bois, le vieux canapé défoncé et même un barbecue.

Tous les musiciens de la fanfare improvisée de la rue, voisins et amis sont présents. La neige qui fond fait glouglou et rit en glissant le long des gouttières jusque dans le caniveau, tandis que les invités se régalent de saucisses grillées. Attention, ce ne sont pas n'importe quelles saucisses, mais celles du Sud-Trøndelag qu'un invité spécial (venu en deltaplane et qui a atterri dans le jardin) a apportées un peu plus tôt dans la journée. Le voilà maintenant en pleine partie d'échecs chinois avec un autre prestigieux invité.

– Je crois, Votre Altesse Royale..., déclare Petter, la bouche pleine de saucisse en faisant rentrer sa dernière bille bleue dans le triangle bleu, ... que j'ai gagné.

Le roi examine l'échiquier et marmonne :

– C'est vrai, sacrebleu !

Petter renverse la tête en arrière et s'écrie :

– Ah, qui c'est qui est le plus fort, hein ? C'est Petter ! Vive Petter, c'est lui qui...

Bulle l'interrompt en tapotant sur son verre avec un couteau pour signaler qu'il va tenir un discours. Le silence revient dans le jardin où s'attarde la neige. Le petit garçon saute sur une chaise et s'éclaircit la voix :

– Les êtres humains sont bizarres, commence-t-il. Quand on a envie de tordre le cou à quelqu'un, c'est souvent parce qu'au fond on l'aime trop.

– Très juste, crie la sœur de Bulle.

– C'est nous qui avons fait de Jodolf notre président, continue Bulle. Mais l'erreur est humaine et on s'est fait avoir. Pour ma part, je dois bien avouer que je me suis trompé deux fois.

Assise à côté de Bulle, Lise lui donne un coup dans les côtes. Le garçon aux cheveux rouges se racle de nouveau la gorge.

– Peut-être même trois fois. Mais l'essentiel c'est que nous ayons le courage de reconnaître nos erreurs. Oui, car même les erreurs sont bénéfiques, de temps en temps. Car sinon comment aurions-nous la possibilité de les corriger ?

Après avoir laissé ses auditeurs méditer ses paroles, il reprend :

– Ce que nous fêtons aujourd'hui tous ensemble, c'est d'avoir lutté pour quelque chose. Est-ce que c'était pour avoir le droit d'être petit ou d'être bon en orthographe ? Enfin, si ce sont deux raisons suffisantes pour risquer de finir dans un moule à gaufres...

Il jette un regard autour de lui.

– Oui, ajoute Lise en se levant à son tour. Parce qu'il ne s'agit pas simplement d'avoir le droit d'être petit ou bon en orthographe, mais tout aussi bien du droit d'être grand et nul en orthographe. Autrement dit, d'être ce qu'on est, quelle que soit sa différence !

Lise et Bulle remercient leurs auditeurs avant de se rasseoir sous un tonnerre d'applaudissements. Lise jette un regard sévère à son papa commandant et à sa maman commandant pour leur faire comprendre que ça la gêne qu'ils continuent à l'applaudir longtemps après tout le monde.

– Cette fillette finira un jour Premier ministre, glisse le roi en aparté à Gregor et Mme Strobe.

Il lève son verre et porte un toast :

– Chers concitoyens, chères concitoyennes ! J'aimerais aussi vous dire quelques mots. Il s'est passé beaucoup de choses et ce n'est pas terminé...

La mère de Bulle bâille si fort que ses mâchoires craquent.

– Mais tout d'abord mesdames et messieurs, j'ai une annonce à faire, poursuit le roi. Deux personnes ici présentes, Rosemarie Strobe et Gregor Galvanius, ont décidé de se fiancer, et je suis très fier parce qu'elles m'ont demandé si j'acceptais d'être leur témoin.

Des cris de joie fusent et une Mme Strobe, toute rouge, lève son verre pour trinquer. Puis Gregor passe ses bras autour d'elle et lui demande s'il peut avoir un baiser.

– Un baiser avec la langue ? demande-t-elle.

– Juste avec le tout petit bout de la pointe de la langue, la rassure-t-il en montrant la longueur que ça fait avec le pouce et l'index.

Tous éclatent de rire et Bulle lève aussi son verre de jus de poire :

– Alors je déclare que la guerre est terminée et que le dessert peut être servi. Car le professeur Séraphin, et sa fiancée Juliette qui revient de Paris aujourd'hui, ont en effet préparé un énorme flanc au caramel !

On entend un long « Ooohhh ! » admiratif, et tous les regards se tournent vers la maison bleue d'où sortent le professeur et sa fiancée, tenant à bout de bras le plat le plus long qu'on ait jamais vu de mémoire d'homme.

– Ch'est un flanc géant !

Soudain, l'assemblée se fige et regarde avec frayeur la personne qui a dit « ch'est » au lieu de c'est...

– Hé, hé..., rit Madsen un peu gêné, c'était de l'humour... noir.

De soulagement, tout le monde saute de joie en poussant des hourras déchaînés.

Et c'est ici que nous quittons nos amis. Nous prenons, par exemple, un deltaplane et nous nous envolons dans les airs. Nous survolons le jardin avec la maison bleue, où ils continuent à se goinfrer du plus long flanc au caramel qu'on n'ait jamais vu. Perché dans le poirier, un oiseau migrateur chante le retour du printemps, précoce cette année. Dans toute la ville d'Oslo, les gens continuent longtemps de danser dans les rues et profitent du soleil. Et si nous suivons un de ses rayons, celui qui tombe sur une bouche d'égout et pénètre par un trou jusqu'à la jungle des canalisations souterraines d'Oslo, vous entendrez peut-être un bruit tout au fond. Comme des mâchoires qui se referment dans un soupir de contentement... Je sais à quoi vous pensez, mais vous n'êtes pas du genre à croire à ce genre de balivernes, n'est-ce pas ?

Cet ouvrage a été mis en pages
par DV Arts Graphiques à La Rochelle
pour le compte des Éditions Bayard

CPI
AUBIN IMPRIMEUR

Achevé d'imprimer en mars 2012
N° d'impression 1201.0458
Dépôt légal, mars 2012
Imprimé en France